民国老味道

——郑逸梅谈吃

郑逸梅／著

北方文艺出版社

图书在版编目（CIP）数据

民国老味道：郑逸梅谈吃 / 郑逸梅著 . —— 哈尔滨：
北方文艺出版社，2018.1

ISBN 978-7-5317-4028-5

Ⅰ . ①民… Ⅱ . ①郑… Ⅲ . ①散文集 – 中国 – 当代
Ⅳ . ① I267

中国版本图书馆 CIP 数据核字（2017）第 224410 号

民 国 老 味 道：郑逸梅谈吃
Minguo Laoweidao Zhengyimei Tanchi

作 者 / 郑逸梅

责任编辑 / 路 嵩 张贺然　　　　　　装帧设计 / 博鑫设计

出版发行 / 北方文艺出版社　　　　　　网 址 / www.bfwy.com
邮 编 / 150080　　　　　　　　　　　经 销 / 新华书店
地 址 / 黑龙江现代文化艺术产业园 D 栋 526 室

印 刷 / 北京凯达印务有限公司　　　　开 本 / 787×1092　1/32
字 数 / 80 千　　　　　　　　　　　印 张 / 10
版 次 / 2018 年 1 月第 1 版　　　　　印 次 / 2018 年 1 月第 1 次印刷

书 号 / ISBN 978-7-5317-4028-5　　　定 价 / 39.80 元

我的小天地

　　一般旧文人，喜弄玄虚，总是题了许多斋馆堂轩的名儿，似乎他们的生活是很优越雅致的，实则不是这样一回事，这些斋馆堂轩，都是空的，无非建筑在纸上罢了。我的"纸帐铜瓶室"，却有这么一间。我从苏州搬来上海，住到哪里，那"纸帐铜瓶室"的榜额就挂到哪里，成为流动性的，直至寓居长寿路的养和村，才固定了四十多个年头。"纸帐铜瓶室"，也就是老牌子了。

　　我的生活很朴素，但却不简单，小小的一间，堆满了书籍图册以及杂志报刊，几乎床榻左右，层层叠叠都是精神慰藉品，恐怕陆放翁的"书巢"，也许胜我不多吧！不料好事无常，遭逢十年内乱，这些爱好的东西，硬生生地都被掠夺，当时装载七辆车子而去，没有片帙只页的留存，我就对朋友作自夸语："学富五车，无书不读。"所谓"五车"，那是七车自打折扣的客气话，所谓"无书不读"，就是手头没有书，无从读起了。一自拨雾见天，被车去的，总算还了我十之一二。我积习难除，补购了许多工具书和阅读书，朋友们如周迪前等乐善好施，馈赠了我若干诗文笔记，才得遮眼摊饭，也就慰情聊胜了。"文革"后期，街头巷末，往往有些搭着篷帐，出售杂品的。我沙里淘金，买得了些零星文物，在小室点缀着，朋友来访，不是称"古色古香"，就是为我解嘲说："室雅无须大。"人们称说古雅，我也腼然自以为古雅了。究属怎样古雅，那是不值一笑的。

我喜梅花，壁上悬些梅花画幅，如吴湖帆、陶冷月为我画的《纸帐铜瓶室图》，画中梅花绕屋，构成一个清幽境界。又前人钱辇石的《一帘疏影》，那是淡墨画梅，很为秀逸。朱大可因此见贻一方印章，刻文为"人在梅花中"，我常钤用着。床侧一副小楹联，是周星诒写的，句云："如南山之寿，居东海之滨"，也很贴切。案头置列元杨铁压自植松的小枯枝，秦阿房官的瓦当，黄小松所藏三国吴主孙皓的建衡砖砚，计谵石的端溪蕉叶白砚，胡澎手琢的竹节式砖砚。又周芷岩刻的竹臂搁，张燕昌书钱梅溪刻的文镇，罗两峰夫人方白莲的印章，黄秋岳集宋词的双铜尺，秋岳为人虽属奸佞，但从文物角度来看，也是足以欣赏的。架上杂乱无章堆着王芑孙曹墨琴夫妇合作的诗册，叶小鸾眉子砚拓本，吴谷人手书何检讨词稿，梁闻山的格言卷，林子有的《蛰园勘词图》，张大千等二十一家墨妙。又杨吉人、杨龙石、钱叔盖、黄素川、毛意香、金西压等镌刻的竹扇骨，薛佛影的细雕象牙片等，这一系列的东两，几乎把架子充塞得满满了。我偃蹇其中，摩挲再摩挲，自以为乐趣无穷。

图书文物，这些都是陈的死的，倘室中没有一些生香活色，那就不毋遗憾。我便在雨花台卵石盆瓷中，蓄着一棵剑麻，终年抽苗着碧绿的叶子，读书写作之余，向它凝赏一番，对于目力的调剂和护养，是有相当益处的。而无独有偶，忽然友人又送了我一盆水竹，生活气息更浓厚了。我发着奇想，想到民初有个大总统徐世昌，别署水竹村人，那么我居住养和村，有了一盆水竹，岂不道道地地做了水竹村人，不让徐世昌一人占美了。又想到我所局居的小室，叫做亭子间，我逍遥亭中，那就可称亭长，汉代刘邦位居九五之尊，起基是泗上亭长，我既为村人，又兼亭长，岂不足以自傲啊！

目录

————— 盖聚物之夭美　以养吾之老饕 —————

—————— 乡情溢满烟火气　珍馐至味在人间 ——————

—————— 品馔也是读书　治大国若烹小鲜 ——————

—— 桃之夭夭　灼灼其华 ——

盖聚物之夭美　以养吾之老饕

　　三牲以牛为太牢，羊为少牢，豚乃寻常进食之品，配牛羊成数而已，够不上为牢。

　　豚蹄为豚身最精华之处，分前蹄和后蹄。后蹄骨较少，故市肴者辄争购后蹄。煮法，有红烧，有白烧。红烧纯用酱油，白烧则用食盐，佐以腌肉或火腿，一以浓厚胜，一以清隽胜。旧时风俗，凡设宴，主人往往以红烧豚蹄为最后一道菜肴。实则汤馔纷呈，

豚蹄小谈

客已饫饱，主人亲上豚蹄，客必起立称谢，说："留为主人自用。"如此习为常例。吴中某乡尚俭约，以豚蹄之备而不食，未免浪费，于是异想天开，取木材造一伪豚蹄，髹以红漆，盛诸巨盘，望之俨然如真。宴末，主人以伪品进呈，客照例谨谢，道"不敢当"，则转呈它席。这样则一伪品，众席可用，一具已足，不求其副，且传之子孙，可用若干代。这种鬼把戏，主客心照不宣，岂不是一大笑话吗！

我是喜啖豚蹄的，从豚蹄引起我的思亲。我的慈母逝世已数十年，当时我供职沪北天通庵路上海影戏公司，专事编撰，即寓公司中，我弟润荪，侍母卜居沪南老西门的静修路。我每逢星期暇日，必进城探母，慈母知我喜啖豚蹄，亦必亲煮豚蹄以待，因此为之朵颐大快。如此若干年，这种感受，给我印象很深，香港中国文化馆辑刊《我的母亲》一书，我曾含泪写了一篇《舐犊情深的母爱》。

老年人应当多进蔬菜，少进肉类，可是我恰恰相反，背道而驰，每餐离不开荤腥，对于豚蹄仍喜下箸。媳妇高肖鸿是位医生，知道我心脏、胆囊都不健康，力劝我少进肉食，但拗不过我嗜好所趋，未免偶尔也以豚蹄见饷，作为我笔墨辛勤的慰劳。可是在思想和行动上却引为是莫大的矛盾。

说说大闸蟹

蟹，几乎人人爱食，当今又是九雌十雄的啖蟹季节，不过，近若干年来，大闸蟹已是奢侈的代名词，在托办要事、难事时，大闸蟹又复成了开道铺路之佳物。寒舍是在哪一年最后一次吃的大闸蟹，已无法回忆。值此秋风起时，只能做些"持菊赏螯"之举罢了。

我是苏州人，苏州人吃蟹，一般总在晚饭以后，因为如果先吃了蟹，不论再吃其他美肴，其味总不及蟹肉鲜美。所以苏州家庭，倘若今天准备吃蟹，则晚饭小菜就简单些，并且留着些肚皮，以作美美地吃上一顿。吃蟹时，调料准备也是少不了的，事前将嫩姜切成细丝，用上好镇江香醋加上白糖拌匀，置一只大碗内，食用时每人用匙舀至自己面前小碟中。酒一般是用花雕，苏州人是很少饮白酒的，啤酒也不常用。阖家围桌而坐，剥剥、吃吃、谈谈，十分有趣。食毕，以紫苏熬汤洗手，可立解腥气。然后，每人再饮滚烫白糖姜茶一盅，既爽口又祛寒，肚内十分舒服。

吃蟹，为什么总称之为吃大闸蟹？因为当时苏州、昆山一带靠近阳澄湖的捕蟹者，他们在港湾间设置了闸门，闸用竹片编成，夜间挂上灯火，蟹见光亮，即循光爬上竹闸，此时只需在闸上一一捕捉，甚为便捷，这便是闸蟹名称之由来。但一般闸蟹只是普通的，大闸蟹却是特级大号的。我国水产中有对虾，也有对蟹，对蟹以一雌一雄对搭，成为一斤。从前的一斤是按老秤十六两计算，雄的约占九两，雌的为七两左右，苏州人称之为对子蟹。阳澄湖水质清澈，故而蟹也属清水大闸蟹，是真正上品。目前这种优质的闸蟹大多出口外销，或宾馆在最高级宴席中使用，老百姓是很难再吃得到的了。

民国初年时，蟹市发展，不单是在苏州的菜场，因上海是当时金融集中地，购买力强，蟹市慢慢推广至沪地。此时也逐步采取了人工殖蟹，蟹不但在苏州、昆山一带供应，在松江、无锡、太湖区域一直到长江就近，也都有蟹，但其品种，却不能与阳澄湖蟹相比。在上海，不仅是小菜场卖蟹，许多食品铺子，也在卖蟹，不少原来从不吃蟹的，初尝其美味后，也开始吃蟹了。当时四马路一带（今福州路），有豫丰泰、言茂源等绍兴酒店，店门前所设蟹摊，生意兴隆，酒店可代客煮蟹，收费低廉，即可在店内啖蟹饮酒。我在二十年代中，自苏州迁居沪上，当时经常往来于四马路望平街各报馆，报业同仁在酒店吃蟹是十分普遍的。苏州家庭煮蟹，将蟹洗净后，通常是放在行灶大镬子内，加以冷水，下添柴火猛火烧开，镬盖用厚重砧板压住，约煮一刻钟即可食用。但上海的酒店哪有这许多大镬子用来煮蟹呢？只能将蟹一一用稻草扎住，不使动弹，由客选购，然后加以蒸煮。后来上海住家逐渐改用了煤球炉子，也没有行灶大镬了，于是也采取了蒸食的方法，直至如今。

食品漫谈

· 常熟产蕈，有松蕈、鸡脚蕈、水仙蕈等二十多种。

周谷城喜啖豚蹄。申石伽，喜啖莼菜。

上海素肴馆功德林，有一名菜"烧老豆腐"，曩年沈钧儒喜啖之。每日进食，必嘱厨师加四川辣酱，为之朵颐大快。

金石家顾鼎梅，晚年穷困，全家进玉蜀黍以代三餐。

李苹香校书，有名晚清，为《九

尾龟》小说中人物之一。狎客颜姓擅书法，一日晨起，就其妆阁挥毫书联，时苹香方啜粥，即以箸蘸粥液，在桌上写"书法雄奇颜鲁公"，客信口答之："才情清绝李香君"。

黄埭西瓜子驰名遐迩。黄埭为一镇，属于苏州，实则其地瓜子，均从山东胶州运来。创始炒制者为殷福熙，设铺名殷瑞记，后以炒制法传授其婿吴芝纪，设铺名吴鼎盛。朱牧撰有《黄埭香水西瓜子》一文，详记其特点。

上海肴馆，市招标"正兴馆"者特多，致真伪莫辨。推其始，由四明人祝正本、蔡仁兴二人来沪营饮食业，初设饭摊于九江路之弄内，生涯颇盛，乃设铺名"正兴馆"，各取二人名中之一字，以寓合作之意而已。

菜肴中有宫爆肉丁、宫爆鸡丁等，所称宫者，始于清帝乾隆南巡，有数肴曾邀宸赏，传诸宫闱，遂以该肴冠一宫字以为殊荣。

苏州的著名食品

　　我是苏州人，家乡观念很重，尤其对于家乡的食品，更感兴趣。记得范烟桥曾在某刊物上专谈苏州的饮食，用唐诗人的名号"苏味道"作为标题，抑何隽趣巧合。的确苏州的食品别有风味，非它处可及，我都亲自品尝过，也来补谈一下吧！

　　苏州人的口味，偏于甜的方面，那观前街采芝斋的松子糖，更负盛名。苏曼殊每次来苏，总购买相当数量的糖果，因此自号"糖僧"。据说，清代慈禧太后吃该店的脆松糖，年年进贡，遂有"贡糖"之称。又1954年周恩来总理出席日内瓦会议，把采芝斋糖果招待各国来客，无不啧啧称美。回忆当年我的内兄周梵生，在彰德养寿园任西席，教袁寒云诸子读书，独居寂寞，兀是念念不忘家乡的脆松糖和松蕈，我为了慰其羁愁，经常购办了寄去。按脆松糖，是长条式的，此前是角黍式的，称棕子糖。棕子糖有松子的，又有红色的梅浆糖。《吴门表隐》云"棕子糖为明末谢云山创始"，故一名谢家糖，具有数百年的历史了。洞庭红，是指太湖洞庭山的橘子而言，韦应物诗："书后欲题三百颗，洞庭须待满林霜。"我就在秋霜时节到了洞庭东山，大啖树头新摘的红橘，甘芳沁脾，大大地饱了口福。洞庭东山的杨梅和白沙枇杷，也负盛名，可惜足迹未及，虽尝到，都是隔宿的，颇以未啖树头鲜为憾。太湖莼菜，亦属名产，张翰秋风起，思莼鲈，弃官归。张翰吴人，他所思的，便是太湖的莼菜。可是我偏食，觉得滑腻腻不对胃口，始终没有领略它的美味。观前街的黄天源，为糕团铺的权威。糕团品种很多，这时我赁居洙泗巷，离黄天源不远，我家有一亲戚，在该店服务，什么新品种，都送来给我内人和我一快朵颐。因相距密迩，送来都是热腾腾的，更觉香烈。闻近来品种，以数百计，我多年不回苏州，只有儿媳每年清明时节，赴苏扫墓，带些来尝尝，也就解馋了。

"九月团脐十月尖"，这是啖蟹的经验之谈，流传已很久远了。记得章太炎和他的夫人汤国梨，卜居吴中，国梨有"不是阳澄湖蟹好，人生何必住苏州"，为最脍炙人口之作。阳澄湖距城市不远，港汊交错，蔚为水乡，为产蟹胜地。蟹以簖取，蟹能上簖，大都坚实有力，每斤仅两只，称为对蟹，其硕大可知。蟹爪的茸毛做金黄色，甚为腴美。因此

啖

蟹

各地所产的都标阳澄大蟹之名，藉以牟利而已。

李梅庵有"李百蟹"之号，梅庵名瑞清，别署清道人，在上海卖字，生涯鼎盛，几夺高邕之的名位而代之。他笔墨之暇，辄到"小有天肴馆"饮酌，秋深啖蟹，食量很宏，但所谓"百蟹"，亦仅夸语，不是事实。且所啖乃蟹兜，其他放弃，未免暴殄天物，那是不足为训的。

倪墨耕名宝田，扬州人，清光绪间来沪卖画，他是王小梅的弟子，人物仕女及佛像取境高逸，尤擅画马。初到上海，寓居某笺扇铺，小楼一角，聊供挥洒。某晚，铺主啖蟹，嘱学徒送巨螯至楼上，热腾腾地供墨耕啖尝。不意一转旋间，墨耕熄灯入睡，铺主以为蟹须热啖，何倪画师懵腾如此！及明晨，学徒为之整叠衾枕，其中都是蟹壳及零星蟹爪，衾褥都沾污油迹，狼藉不堪，原来他睡在衾中啖食，自得其乐。落拓如此，大家传为笑柄。

庄通百为南社名宿，诗才敏捷，大有七步成章之概。他喜啖蟹，有一次，他听到煮蟹时，蟹经热气，在镬中爬攀作声，从缓而急，从急而寂，蟹已死于汤镬之中，不觉惨然生感，因此绝不啖蟹，用作诗用以垂戒。

上海沦为孤岛时，百物飞涨，一般市民，难以生活，秋蟹上市，厥值惊人。有一画家作一漫画，画一衣冠中人，手持黄菊一枝，向菜场所列的篓蟹，注目观看，标着"持菊赏螯"四字，一反昔人所谓"持螯赏菊"，令人对之哑然做苦笑，反映当时的生活，多么饶有讽刺意味啊！

谈山家十八熟

我苏光福多山，如邓尉、玄墓、青芝、蟠螭、铜井、西玄、米堆、渔洋、法华、竹山、安山、迪山、铁山、观山、弹山、龟山皆是，山多产物，居民利赖，故谚有"山家十八熟"之语。予尝叩之其地人士，何谓十八熟？始知一为香雪海之梅，植梅之圃凡数十里，及绿叶成荫子满枝，采撷之，以供诸糖果铺蜜饯梅脯之用，价值甚巨也。二为石壁之桃，春日望之如锦步幛，结实累累，售诸邻邑。三为窑上枇杷。窑上，村名，为西碛山之北麓，旧有内窑外窑，枇杷名闻遐迩。有小丘曰熨柄，唐六如曾绘《熨斗柄图》，题有句云："四月清和雨乍晴，杨梅满树火珠明。"熨斗柄杨梅，则山家之四熟也。五为藕，六为菱。六如题《光福图》，本有"东崦荷花西崦菱"之句，盖即此。七为七十二峰阁前之笋，掺掺如美人玉指，啖之清香悦脾。附近更多桂，桂黄白皆有，仲秋时节，满树繁茂，撼之纷纷下坠，罗而致之，可制桂花糖，此八熟也。玄墓之谷口，以樱桃著称，释德元诗所谓"谷口樱桃缀小红"者是也，此为九熟。十为桑，十一为茶，悉产于马驾山中。汪琬有《记》云：山中人率树梅艺茶条桑为业，梅五之，茶三之，桑视茶而又减其一。又野蕈随地可摘，以煮羹汤，异常鲜隽，售诸都市，亦小小利薮也，此其十二。十三为杏，十四为枣，十五为秫，则错落于铜井、邓尉之间。杏大如儿拳，枣初采色白，俗称白蒲枣。秫灿然而甘美，苏人称之为金钵盂。十六为菘，有春菘晚菘两种，可鲜煮，可腌食，山氓担之呼卖，日获数千文。十七为玉蜀黍，玉蜀黍曾经进御，故苏人称为御麦，食之易令人饱，贫家以之充饥。十八为石斛，五月生苗，茎似小竹节，节间苗叶，七月开花，十月结实，其根细长，色黄，以生于石上者佳，食之补脏益胃，药笼中物也。

我在撰写这篇短文时，适有客至，认为明明是吃在广州，为何将地点搬迁？我说吃在广州，是过去的老话，现在领了市面，才知香港在吃的方面早已突飞猛进，占居首位了。

我虽杜门不出，但是我的两个孙女，早就赴香港旅游，我的儿子和媳妇，今年也曾去香港观光，他们回来，把香港的吃作为谈助，的确饶有一些趣味。

吃在香港

香港人所谓饮茶，实则是指吃点心而言。内地人去香港，并不习惯每餐饮茶，所以茶仅仅是作为附庸罢了。饮茶的时候，这些送点心的小车，川流不息地过来，任客选择，亦分小、中、大点，主要是价格上的区别。点心花色品种繁多，每种点心价目相同，客人取食若干碟，服务员只需在事前置于客桌的卡纸上盖一小红印，终了后，按卡纸上红印若干付账，不需另给小费。儿子、媳妇他们连连进食十五碟，件件可口，最后结账，包括茶资，仅五十几元港币而已。饮茶经济实惠，所以几乎每家酒楼，总是满座的。

港地茶馆林立，三五步一家，豪华的一餐可化万金，俭约的，则化十元也可果腹（十元之数，约为当地一般职员月薪五百分之一）。茶馆内侍应生大多彬彬有礼，到了晚间，饭馆内灯光如同白昼。在营业时间上，开门是每天固定按时的，但打烊却不受时间所限，即使客人散剩一桌，侍应员仍毕恭毕敬站立一旁，决不可露出倦容，更不能示意催促，否则必将被炒鱿鱼无疑。茶馆中所有电灯仍全部亮着，必须待最后一桌客人散后，方熄灯打烊。

香港水果品种之多，无以复加，举凡世界各地所产，应有尽有。水果外表且无疵瘢，堪作供物。冰淇淋也有欧美各国的，风味各各不同。再有一家名海上夜总会的茶馆，设于一艘渡船上，该船十分庞大，白天在底舱运载往返于香港至九龙的各种车辆（因某些车辆按规定不准行驶于海底隧道），到了晚上，渡船的二楼，即为茶馆，可设数十桌，每晚分若干批开宴，渡船荡漾水中，客得边宴边观两岸景色及霓虹灯光，席间配

合种种游艺节目，渡船行驶二小时，仍返码头，此时席终，第一批客人下船，第二批客人上船。在上下客仅数分钟时间内，船上侍应员个个动作敏捷，撤去原来残席，铺上台布，又将接待第二批客人。如此每晚接待三批客人。

世界闻名的 HOLIDAY INN（假日酒家）自助餐，仅西点一项，达数十种。儿子年虽花甲，然喜食西点，如仅取食每种一件，即再也吃不下其他菜肴了。但西点件件精彩，鱼与熊掌不可兼得，乃宁取此而放弃其他矣！

香港肉松绝佳，与台湾产的相仿，既松又脆，十分鲜美，其他内地肉松，本来颇具盛名，然近若干年来，即如所谓名牌产品，往往不是炒焦，就是糊成团状，甚至还吃到铁钉。我常想，人造卫星能够上天，岂有炒不好肉松之理？此不为也，非不能也！

香港美食之多，倘需尝遍，实不可能。但香港之吃，确是名不虚传。

内地饮食店铺为了宣传其食品质量，常冠以"重油"、"重糖"，以资标榜，然在香港，如以上述号召，适得其反。因食客大多受近代医药知识影响，甜食及油腻品乃健康之大忌。在香港，诸如西餐社、咖啡馆、自助餐厅等地，桌上呈列各种甜品，却分门别类，包装纸上注以低糖或不含糖分（糖精）等等，由顾客任意自取决定。白脱油也同样，以片状小包装形式置案头，顾客欢迎的是不含动物脂肪性质的。

　　席间如菜肴过多，未能食完，由顾客自行带回，决无被人视为悭吝（沪地人语：没有台型）。某次，儿子、媳妇应邀赴宴于上海总会，该总会十分清静幽雅，参加入会者大多是香港的富商、阔老，最早仅吸收上海人，后来本港有地位人士也都加入了。但如不是该会会员，则不得其门而入，类如解放前上海的法国总会（即今锦江俱乐部）。那天菜肴丰盛，其中海味多种，食之如不知究竟，又不便样样动问。待席终了，儿子冷眼观看朋友付款几何，见按账单开出支票，仍不明此席耗资若干，但另给侍者小费数张绿钞（香港绿钞为十元面额，紫钞为五十元，红钞为百元，橘黄色钞为千元），而席间剩余之烤乳鸽、各式酥饼等点心，另有侍者分别将其装入纸盒，等主客离席时交给带回，十分自然。

这种风气，是从欧美而来，其实倒不失为一种实事求是作风。花钱购物，当然可由自己决定如何处理，难道宴席结束，非得整只鸡、整条鱼地倒掉，方算气派？在这方面，内地在大开"官宴"情况下，实在浪费惊人。报纸曾载，某地干部公款请客，一贯持如此观点，席间尚存菜肴三分之一，说明客人没有吃饱，务必添菜，必须剩存三分之一以上，方不作为失礼。

提到付账，香港不论大小菜馆酒楼，一律先吃后付，这在世界通行。按照常理，顾客进食或许还要添菜，或者多人临时餐会，尚未讲定何人请客，所以应该先吃后付，且如先付后吃，在某种意义上带有唯恐顾客逃账之嫌。幸而内地人早已习惯，只要能吃上，味道还可以，即使服务员有比这更不礼貌的语言或行动，也都逆来顺受了。

上文提到 HOLIDAY INN（假日酒家）的各式蛋糕精美绝伦，在香港即使一般大众化店铺，如遍于香港地铁的美心酒家（是独一无二设于各处地铁的西点店），每件西点，质量上乘，统一价格，港币一元五角，价廉物美，相比之下，沪地某些所谓名牌商店，甚至高档的××度假村××咖啡馆等等奶油蛋糕，其味亦不过尔尔，价格却大大高过香港（尚不以收入相比）。

中式点心在香港也经济实惠，如虾饺，每只内含大虾仁二个（不会是三只，也不会是一只，更不必担心会吃到"空心汤团"之虞）；虾仁面，其上虾仁浇头铺满，面条全被盖没，每碗价格也不过港币十二至十五元，一个小职员月入可进食四百碗。

香港的鸡，价格与青菜接近。儿子、媳妇住在一位香港大学教授家中，为了不使主人多增花费，曾说多吃些蔬菜即可，不料主人乃特地多备蔬菜，价格与鸡鸭鱼肉相同，甚至超过，后来听任备菜，再不作提议了。

几年前，上影公司发行的电影《美食家》中主人公说过一句精辟的话："如何放盐？"事实上，几乎一切菜肴，决定其最终美味的，就是在烹饪时应放多少盐的问题。不单是烧菜，就是在甜食中的果酱、蜜饯之类，何尝不需放盐？由此，我联想到在国际上，对什么叫"美味"，有它的公论，即一家餐馆、一个厨师，制作某一种食品，受到人们普遍接受及喜爱时，能经历长时期而口味不变，可以称之为"美味"。记得本市过去著名的燕记西菜社（当时还是私营），以一味金必多汤闻名全市，若干年来口味不变，燕记的出名也在于此。然事隔几十年，该西菜社仍能制作出当年的金必多汤，且保其质量否。其他诸如新雅饭店炒虾仁、紫阳观酱菜、太仓肉松等，此类例子是很多的。不单是菜肴，其他亦然，如冰淇淋、饮料、酒……可口可乐公司对其配方保持绝密，原因也在于此。一种饮料，不论设厂于哪国，只要用我这牌子的，在世界所在地方，吃到的应是同一口味，这方称得上是有口皆碑的名牌产品。在香港，据当地老广东说，若干著名酒楼，多少年来始终保持质量、不变其原来深受顾客欢迎的口味，这就是难能可贵之处了。

香港许多大楼，由于各楼之间有通道相互连接，乃称之为"广场"，其实并不是露天广场之意，而是在这一大片建筑物中有酒楼、咖啡馆、商场、旅馆以及各家公司的办公场所。在这片广场中，一切应有尽有，可以购买到所有物品，比较突出的有各国的菜馆，有印度人开设的咖喱鸡饭店、日本人的料理店，也有朝鲜、越南菜馆，当然欧美的西菜社更是普遍了。为了招揽顾客，各家菜馆常雇用本国人充作侍者、厨师，有时站在门口，看到有顾客走近，于是说着本国语言（尽管或许他们都略通一些英语的），以标榜其货真价实，他们往往连说带做手势，做出请进入内姿态，顾客是能明白。那天，儿子、媳妇本想光顾一下真正的印度咖喱鸡饭风味（本市过去在北京东路接近外滩，有一家印度人开设的饭店；又，在成都路南京西路口，有福致饭店，都有出色的咖喱鸡饭供应，但都时过境迁了），但因有事，只好过其门而不入。

汉堡包是一种大众化食品，在香港各处有售，品种较多，以鱼作为夹馅的最为可口，每只港币三元、一顿经济便餐，即可以二只汉堡包，一罐饮料充饥，所耗仅十元左右，如果吃快餐盒饭，有烧鹅、叉烧……每盒为十三元，如再添一例汤，价为四元，也可果腹了。如果自家开伙食，去超级市场购买已经洗涤整理干净的袋装菜（如鸡翅每磅八元港币），回家一炒，即可进食。一般住户，买米回家，置一专门方形箱式容器内，

　　外表美观，上面平整，可安放大花盆等装饰品，置于室角，米箱下端可开门，并有刻度标尺，需米若干，只要将开关移至刻度尺某处，即按所需泻出，到时自动停止。香港的大米，来自世界各地，其香糯程度均可与本市郊县的青浦米媲美。

　　在香港，大凡中产阶级的人士，是十分讲究饮食的。广东人喜欢喝汤，香港人亦然，每餐必备一汤。为了增加汤质营养，除了放置鸡、香菇等鲜美食品外，还投入人参一支。人参与荤食煮汤，在内地是不可想象的，但港人习以为常，食之果然甘香味美，别具风味。港人生活节奏紧张，在事业上竞争激烈，没有强健体魄、坚韧毅力、一技之长，兼能应付各方，是很难出人头地的。因之，他们特别注意饮食。随着近代医药各种新观点，有损健康的食物，似乎范围越来越广，尤其是有钱的人，唯恐自己不能长寿，对进食范围自我限制更严。他们忌食肉皮（美国总统布什最爱吃炸猪肉皮，其私人医生似并未对其极力规劝）、蹄筋、蛋类，对肥肉及动物内脏更是绝不入口（在香港，肥肉是不卖钱的，主妇如果需要，可向肉铺讨一点），过甜过咸之食不进，烟熏腌腊食品也视为可能致癌，从不吃咸肉咸鸭之类食品，平时经常就医查身体，以恐体内有所早期病变（在国外，防癌保险是费用最高的），种种措施，不一而足。然而，具有讽刺意味的却是如此严密忌食措施，有钱人并非都能长寿。以国内而言，"人生七十古来稀"早已不成定论，今年四月，获全国老人荣誉证书的本市共四人：108岁的书法家苏局仙、98岁的画家朱屺瞻、95岁的我、94岁的画家刘海粟，年岁都在九十以上，且都思维健全，能作书绘画。我十分偏食，却不忌食，港人上述所谓有害食品，我却件件爱吃、常吃，可见吃与长寿并无绝对关系。他们如此讲究饮食，按说平均寿命当大大超过内地，然却未必。同样，世界上最富裕之美国，其人民的平均寿命却低于欧洲的瑞典，所以，究长寿之道，安定平静的生活、愉快乐观的情绪，是起决定作用的。友朋间有时闲聊，有朝一日假使浩劫再度来临，老命必然全部送终。

香港的人口密度，绝不亚于本市，所以港人在星期天或假日，为了做些户外活动，常与家人一起，带了食品，乘船离开香港本岛，至就近海面其他小岛进行烧烤野餐。岛上并无景色，但备有专供烧烤的炉子及铁架，其烧烤方式与前来本市的新疆烤羊肉串相仿，在火上烧烤，不断涂以调料，反复熏炙。烧烤食品及各种调料不用自己逐项准备，商店内有专门配套出售，供三人食、五人食等等，十分方便。

香港虽是一个高消费的资本主义社会，贫富悬殊，但在吃的方面，却可各取所需，按本人消费水平自行选择，有高达数万元一桌的满汉全席，低至仅花数元购汉堡包以果腹。香港是一弹丸之地，人口稠密，然每年接纳世界各地游客却有数百万，大大超过来我国全年的外宾旅游数。从风景名胜而言，香港少得可怜，以苏州一地即可压倒而绰绰有余。但是为何香港能吸引如此众多的各国旅客？可见优良的服务设施，给人以种种方便，旅客得到尊重，丰富多彩的饭食等等，这些是分不开的。我国如欲发展旅游事业，当在这方面好好改进。

香港的中上阶层家庭，尤其是一些老广东，在烹饪方式上与我们大相径庭。儿子、媳妇住的那位港大教授家，他们是不大会烧菜的，平时雇佣一个菲律宾籍的女佣，某回，其主妇想吃上海菜，究竟是什么味，请我儿媳掌勺。儿媳平时在家，能烧一些好菜的，于是就为其烧了糖醋排骨、什锦炒面等几样典型的上海菜点。但在厨房内部却找不到味精、辣酱油、淀粉之类物品，乃请菲籍女佣去买，一会儿备齐了。然而，出于意外，烧好后他们很不习惯进食如此浓味的菜肴，又酸又甜的糖醋，辣酱油、番茄沙司浇淋于炒面之上，其味也够刺激的了。他们非常坦率地说：上海菜吃不惯。儿媳接着再为他们炒了一只虾仁，用火腿丝、鸡丝、香菇丝烧了一例汤，均以清淡为主，他们大加赞赏。

听说本市今年的中秋月饼，除杏花楼、新雅、功德林三家外，余均过剩。在过去，新雅、功德林并不供应月饼。本市较有名的是大三元、利男居、杏花楼等数家，如今大三元已不存在，利男居屈居次要，唯杏花楼仍保持领先。在月饼中，广式之所以能压倒群雄，关键在于一是保质期长，二是经得起碰撞。而苏式、潮式、宁式，在此二项上处于不利地位。水果亦然，凡世界闻名之品种，除口味优异外，以上二项必需具备，否则，再好果品，只能当地产、当地吃，不能外运，不能移植，终不为人们所知，更不能普遍享受其美味。

香港的中秋节，家家热闹非凡。港人习惯于八月半晚上阖家外出，至海上、山顶、公园及街道绿化地带，铺上一块桌布，放几色果品及供品，再点一圈蜡烛，当然月饼也是少不了的，以示团圆之意。家人共叙，并赏月亮，往往至天明始归。次日，十六日，公司放假一天，并发给利市（一般每个职工二百元），以慰职工隔宵欢度夜晚、休息之意。当地电视台在十五、十六（阴历）连续两天，纷纷推出精彩节目，以志庆祝。

广式月饼本来出自广东，香港月饼质量之佳，自不在话下。以全国各地而言，上海之点心，在历史上一向可以屈指称数，天津之狗不理包子，虽闻名全国，但上海过去的任何一家小笼馒头，都可媲美。北京有名的和风西菜馆，以往上海的一般西菜社即能与之匹敌。水饺说是出于北方，但又如何能与上海水饺相比……然而，近一二十年来，本市的饮食行业，质量趋现下降，许多特色荡然无存。例如，目前仅少数几家供应之所谓排骨年糕小吃，其年糕粘牙、排骨不鲜，老吃客莫不摇头。而在香港，如有哪家饮食店敢于偷工减料，质量马虎，立即会一传十十传百，最后关门大吉。所以，始终要保持其质量，在服务上使食客满意，不敢怠慢。

大闸蟹，几乎人人都爱吃，但在国内，它已成了一般家庭食品中高贵和奢侈的代名词。舍间亦似忘了是哪年哪月，最后一次吃的清水大闸蟹，绝大多数薪水阶层早从"执螯赏菊"改为"持菊赏蟹"了。

而在酒馆吃蟹，在香港最有名的首推天香楼，座落在柯士甸道，是家杭州馆子，门面并不豪华，座位不过十张桌子，在价格上却是全港最高，然而生意十分兴隆。蟹只只肥硕，如果吃到质量稍次，当场包换，店主决不支吾。蟹在进货时经过多次挑选，次级已遭淘汰，制作蟹粉或做蟹黄油，行销台湾等地。天香楼吃蟹，在港人也是一种豪举，比如二人进食四只（合二斤以上，每蟹必重六七两），另点二只菜肴，即在港币千元以上，有阖府光临者，耗资时在万元。该店另备有各种特色菜，如江南一带很平常的西湖莼菜，港人却不识，认为是稀罕之物，所以花费也不在乎此。

吃过了蟹，店内必奉二碗红茶，上浮二片柠檬，备洗手指、去除蟹腥，更有放上一支挤压式牙膏，供擦指间腥气，效果比内地苏州人用紫苏洗手更佳。

在香港，比较有特色的餐馆以法国、德国、日本、印尼、墨西哥等菜式，中菜在香港当然很有代表性，分粤式、潮式、京菜、沪菜、湖南菜、四川菜以及极尽奢华的满汉席，以上以潮式菜最为著名，港人请客，大多在潮式饭店款待。在铜锣湾，有名富临门的潮式菜馆，价最昂贵，一味阿乙鲍鱼为其绝招。某次，儿子、媳妇受邀于此，东道主是个素食者，却是菜馆常客，菜馆乃另备几色蔬菜和豆腐，儿子尝尝烧的素食究竟如何，感到不同一般，豆腐是店内自制，白、滑、香、嫩，四字俱全，更无丝毫豆腥味。席间有多种海味，食之不知其名，只识青蟹一种。那天赴宴已是晚上九点多钟，食毕已十一点余，整个楼面已无其他客人了，但仍上下灯火通明，侍者肃立在旁，毫不怠慢，根本不用担心熄灯，或者桌椅翻身打扫。

香港的吃，真可谓集世界之大成。如喜清淡饮食，则以日本菜及朝鲜菜为主，尤其是日本菜，真是干净。香港的日本餐厅不少，如水车屋、松垣等等，餐厅窗明几净，一尘不染，侍者彬彬有礼。在各家日本菜餐厅中，以希尔顿的"源氏"较为突出，不同一般。吃日本菜，一客什锦生鱼，内容包括沙门鱼脯、并鱼、生虾、蓝鳍金枪鱼腹肉及山葵泥等，首要条件是鱼肉新鲜。另外刀功也很重要，价格自然不菲。在午间用餐，通常吃一种名叫"天妇罗"的食品，其实就是面拖虾，但在餐碟内整治得十分漂亮，令人食欲大增，然其味也不过尔尔。

希尔顿的"源氏"日本菜餐厅，以铁板烧颇具盛名。牛肉为其主料，该店事前将新鲜牛肉分成多种等级，品质可由顾客自选，如喜欢吃比较有咬嚼劲的，则挑选松板牛柳、澳洲牛柳，倘爱吃滑嫩的，可选美国西冷扒，或者最名贵的霜降牛柳。至于吃日本著名的寿喜烧（SUKIYAKI）——牛肉锅，又有不同口味了，肉片薄如纸，置锅汁中灼熟，就以生鸡蛋和酱油的混合调料中，蘸而食之。"源氏"牛肉锅食前，由侍应生站席旁烹饪，烹前必先问各位顾客喜欢牛肉的生熟程度，然后动手，与吃牛扒相似。该店另一特色是在饭后供应一种青茶冰淇淋甜品，充满日本清茶味道，淡香隽永。

各国的饭食，自有其不同风格，以中国菜而言，烹饪功夫主要在于口味，各种佐料由厨师掌握，所谓烧得入味，即属佳肴。而欧美厨师的烹饪论点，认为"烧熟本是厨师的职责，至于味道咸、淡、酸、辣……那得由食客自己决定"。所以许多调料置于餐桌，由客人任意自加。这种论点，也有其合情合理之处。而上述之日本菜风格，其烹饪论点是："一切食物均来自大自然，应该还其本来面目，以其真味为主。如果胡乱投置调料，则丧失其天然真味矣……"总之，各有其理。我则始终认为，中国菜是举世无双的，如果要说吃其真味，那么回复到原始社会的茹毛饮血时代，岂不真正置于大自然间？法国人吃蜗牛，非洲人吃蝗虫，西菜中的带血牛扒，咬嚼时鲜血甚至从唇齿间流出，我则大不以为然，决不想尝试的，还是吃碗烧得酥烂的红烧肉，认为上品。

香港一些富户，其早餐也是很讲究的。以设于中环的 HILTON（希尔顿）酒店为例，每天早晨七时至十时半供应自助早餐，顾客中不少是该店旅馆部住客，有很多外国人。其中日本、南朝鲜客人来得最早，欧美人则稍迟，不少香港人从丰山区（当地高级住宅区）驱车前来，全家大大小小一起来享用这丰盛的早餐。

餐厅门口是柚木墙，挂有油画，入室后二侧壁橱内陈设欧洲各国名瓷摆件，布置得非常雅致。早餐的食品分成五大类，分别置放在五只长圆形大桌子上，凡是热食其盛放的容器都是镀银盘碟，而冷盆、冷饮则放在玻璃器皿内。食品的丰富，色泽的鲜艳，令人食欲大增，初次涉足者有无从下手之感，样样想吃。主食长台上有煎小牛肉饼、薯泥饼、牛排、鸡肉、火腿及各色德国肠，仅面包即有二十多种不同的，还有其他品种如燕麦、大麦、碎粒小麦等等的切片方包，以及刚刚出炉的小型餐包。果酱采用苏格兰BAXTERS产品，品种有蜜糖、草莓、菠萝、杏子、橘皮、黑加仑子等等。果酱瓶子非常精致，为1.5盎司，注明不含防腐剂及人造香精，据说英国女皇伊丽莎白二世常用这牌子的果酱。

其他餐桌上备有麦糊粥、白粥，配以虾米、油条、小葱、日本萝卜粒、紫菜酱等等，以适合东方人的需要；再一桌上则备有二大壶热牛奶，旁置一盒盒粟米片（用以泡牛奶），一大盘起司，不下十多个品种，大多是法国、瑞士出品的，再佐以一篮燕麦饼子、苏打饼干，这些大多是西方人爱吃的。

早餐以外，另有小吃，一字排开十多品种，如葡萄干、胡桃屑、腰果、杏子干、菠萝干、夏威夷杏仁等。饮料有侍者可为你当场现榨的鲜橙、西柚、木瓜、葡萄、西红柿等果汁，以及一大盘纸杯装酸牛奶拌鲜草莓、黑草莓酱。当早餐用毕，则略可再用些水果，有西瓜、蜜瓜、桃子、橙、橘、菠萝等等。在席间，侍者不断斟上咖啡、红茶。

以上所有食品，均供随意食用。除此之外，客人可在菜单上点菜任何一项，如安利蛋、火腿、烟熏肉、蘑菇。如此丰盛的自助早餐，每人收费为九十六港元，不加任何小费。

香港的超级市场比比皆是，规模最大当推屈臣氏、惠康、百佳三家，每家在全港分设一百余处市场，各处商品亦按不同类别供货。如屈臣氏设于香港中环最大一处超级市场，以玩具、食品为主；而设于九龙金钟的则以化妆品为代表。超级市场所供应的食品，来自全球。巧克力以瑞士、英国的名牌，直至本港的大众化产品，不下数十种。

调味品种类之多，令人瞠目，许多食品实在不知用途。某次，儿子和媳妇在屈臣氏买了许多牌号的胡椒粉，但于次日，发现其中一瓶乃含大蒜成分，他们从不进食蒜类，乃赠给亲友，但亲友说，只要封口未曾破坏，可去退款或调换其他商品。事后果然如此。购物较多时，市场有专门人员送至府上，不另收力费。

在超级市场购物，最为方便不过，所有食品在外包装上标明使用期限，如发现有食品使用日期已过，仍置货架上出售，任何顾客可对之提出公诉，市场将受重大罚款。

超级市场唯一"缺点"是没有回价的。以百佳超级市场为例，在香港设有一百二十多处，凡是本港居民有正当职业，凭身份证都可不事前付费而申请该超级市场购物卡，每个家庭可多至申请三张，以供本人、家属、女佣日常购物，不需携带现金或签发支票，月末由市场寄来结单，如对账目有所异议，可在两星期内查询。

至于如何防止超级市场内的小偷，有人认为，必定在各处安置隐蔽的监视器。其实不然，一切还是以顾客自觉为主。其经营宗旨是：所有食品，如属数十元以上一件者，体积必然较大，如瓶装饮料、调味汁、听装糖果饼干等等，不易藏匿；倘是小件食品，如胡椒粉、咖喱末、白脱、果酱之类，售价低廉，损失无几。与其每月添用便衣警察，或装置大量监视器（也得雇人专门监视），其所耗代价，反比失窃损失为大。至于件小价昂之化妆品（一小瓶名牌香水，即千余元），则有营业员专门负责。

在香港超级市场，入内前顾客毋需寄放自己的皮包，这种对顾客极不礼貌的怀疑行为，绝不允许的。

如用同类商品相比，以香港物价较大陆低廉者为例，则除电器用具、黄金饰物等以外，超级市场中的食品即为其中之一。比如日本味精，每五百克为港币八元，玉米油每听（二千五百克）二十港币。

在香港，大众化面食，自为一般居民及各地游客所欢迎：价廉物美的快餐式饭店遍及全港，有专售各式汉堡包的"麦当劳"（沪地译麦唐纳），供应意大利薄饼的"必胜客"餐店。取名必胜客，乃取悦于一些爱赌顾客的心理，以讨口彩。再有一种南京牛肉面店，也是世界性的。当初为何定名南京不详，目前店主是台湾人。按香港目前时价，如开设一家此类面馆，从购置制面操作机、冰箱及其他生财工具、台椅碗筷等，以及牛肉面的独特制作方法资料费，耗资为六七十万元港元。这种牛肉极具特色，因其配方保密，牛肉均由该集团负责提供，以使世界各地任何一家南京牛肉面馆不受质量影响，保证其声誉。

南京牛肉面馆在开设以前，据说有一套非常严密的方法。事先由集团派出一位外国"风水先生"，到你将要开店的地点进行观察，一般调查二个星期，统计就近早、中、晚的过路客人流量，其稠密程度、公共车辆班次、附近写字间、旅店、商店数量，经过如此周密调查，认为合格，然后同意你在此开店，再卖给上述各项设备，否则这笔生意宁可不做，免得造成某地南京牛肉面馆门可罗雀的不良传闻。面店开设以后，在营业额上，每天出售二千碗面，即可赚钱了。

综合本文以上所述，我儿子、媳妇主要乃去香港旅游，并非考察当地饮食，所见、所闻、所尝，亦仅一角，只能做些浮光掠影介绍。但有一点，作为一个"发现"提出，过去形容资本家，总以大腹便便形象作为代表，然近一二十年以来，港澳大多富贾，并非如此，而是体重适中，行动迅速，反应灵敏，即使在如此美食世界，宁舍此而求康健，严格控制饮食，加上平时经常体育运动，以保持其体质。他们虽然几乎每日必要宴请应酬，但在席间，总浅尝即止，东道主也从不强行劝食，烟酒更是如此。

我从小就偏食，什么要吃，什么不要吃，认为要吃的便是好的，不要吃的便是恶的，一直到老，还是如此。最近我食欲不振，任何食都不想进，即使平常最爱吃的也不想下箸，似乎要断食了。那么人是否能断食？容我在这儿试谈一下。

那位著名的南社诗僧弘一法师，在俗的姓名为李叔同，又为李息霜，号黄昏老人。他的《断

人是否能断食

食日志》手钞本，藏在云间朱孔阳家，我曾在朱家阅览一过，封面有"丙辰新嘉平一日始黄昏老人李息霜"数字，写在两面开页的日本式簿册上。断食分前后两期，每日述及生理变态，经过胸闷、头晕、肩痛、舌生白苔、流涕、咳嗽等反应。实则所谓断食，不是绝对的，梨、桔、香蕉等果品，犹少量进啖的。这本手钞本，是弘一弟子某以三百金出让给孔阳，时孔阳任职医史博物馆，是为医史馆代购。不料，馆方主持者程门雪老医师，以为这个钞本和医史无涉，不采纳，孔阳谓："医术不外乎生理，这书有关生理的试探和研究，是求之不易得的。"程门雪意转，孔阳很不高兴，靳而不与，卒归自己收藏。经过浩劫，幸未散佚，这是很不容易的。

　　还有我读书苏州草桥中学时的校长袁希洛先生——他和袁希涛、袁希濂三昆仲为"宝山三杰"，都是日本留学生，后回国贡献很大——有鉴于军阀横行，南方和北方经常因地盘关系发生争夺战，生灵为之涂炭，他老人家悲天悯人，以断食半个月向南北双方请求和平。我们若干同学，得了这个讯息，一方面深敬他的宏愿，一方面又虑及他如此断食，或有夷齐饿死的危险，前叩师门，恳求他适可而止，不当持久。他笑逐颜开，接待我们说："断食自有断食的方法，你们过虑了。我的断食是用变通办法的，每人不是日进三餐吗？我采取的方法很简单，假定第一天不进早餐，第二天不进午餐，第三天不进晚餐，这样对于身体是没有多大影响的，三天合起来，不是断食一天吗？这样延长下去，虽断食一个月，甚至一年，都可以办到。且属实事求是，毫不弄虚作假。即世界闻名的甘地断食，也有他断食的窍门，决不是拘泥呆板的断食。推至我国汉代的张良辟谷术，所谓辟谷，仅仅所辟的是谷类，果类还是进食的。"我们听了，为之豁然大悟。

时隔数十年，希洛老校长八十大寿，我和几位同学，如吴湖帆、顾颉刚、范烟桥等为进一觞，谈到往年的断食相与轩渠。

胆结石禁忌的食品

什么叫作"老"？我对于"老"是素来不买账的。记得当我九十岁，一些朋好，假玉佛寺为我做生日，特择"六一"儿童节这一天，祝我返老还童，这使我非常得意；还有一些朋好，在上海宾馆九层楼为我设宴，我也很高兴，酒后发着狂言："百岁大关，我是有这雄心壮志来突破的，一马当先，万马奔腾，希望在座的群策群力啊！"岂知狂言是说不得的，此后体力渐呈衰退，一年不如一年，患了心脏病，经常服药打针。又感腹部时有闷胀，上一个月，有一天吃了些奶油蛋糕，午间以油煎荷包蛋佐饭，这一下，腹部大大作疼，经知医的友人诊察，说是胆囊炎，劝我住院治疗。由超声波检查，断定是胆结石，天天吊盐水，僵卧病榻，失去了自由，我不惯常这种束缚生活，且不拟施行手术，还是回家静养的好，因此住院仅仅五天，我自称"五日京兆，胸怀磊落"，原来我住的高级干部病房，而磊落的磊字，为三石构成，却是名符其实的。从此遵循医诫，不得再进乳酪、蛋类及油重肥腻的东西，只好多吃蔬菜。那么我平常喜吃的红烧蹄子、蛋饺、蛋炒饭、猪油菜饭等等，都在禁忌之列了。

从胆结石，我又想到老同学叶圣陶和吴湖帆来。圣陶从胆囊中取出一块很大的石头，丁玲去慰问他，他自称"胆量不小"。湖帆取出了石块，异想天开，请陈巨来为刻一石印章，可是石质松，不克奏刀，遂作罢。湖帆也善原味，在禁忌之下，深叹口福的被勒，引以为苦。

我个人的进食

食品除疗饥之外，也是一种口腹的享受。色香味，无非是引起人们的食欲。目今把食品加以装饰甚至雕镂一下，那就进一步耐人欣赏了。

我自幼偏食，直至年迈，依然如此，儿媳们一再对我说："各种食品，具有各种营养，偏食了，营养受了局限，是很不相宜的。"力劝我素来不下箸的，不仿试尝，或许感到可口，也就用以佐膳了。

可是我积习太深，兀是改不过来。

对于果品，喜啖西瓜、杨梅、荔枝、柿桔、水蜜桃。菱藕，觉得淡而无味。红了樱桃，仅爱其色泽，也少进食。橄榄太涩，梅子太酸，都在摈绝之中；但黄梅捣烂，和入糖霜，却又朵颐大快。花生果我特殊嗜食，有时吃得多了，饭都不想吃。今则年迈齿脱，不能咀嚼，还得进花生酥、花生酱以解馋吻。

关于蔬菜，葱韭大蒜，以及蒿芹，从未动我食指。宋人词"春在溪头荠菜花"，荠菜也非我所喜爱，但荠菜和肉，裹入馄饨，这又时常登盘。张翰秋风起，思莼鲈，莼菜当然是美味的了，我又认为莼羹滑腻腻，不足取。昔人以"苜蓿长阑干"，以喻贫士盘餐的俭苦。苜蓿即金花菜，我却很喜欢，殆亦贫士本色有以致之了。

肉类，我喜啖菜心肉丸，枫泾的丁蹄，更为之健饭。我生肖属羊，不进羊肉，牛肉也少进，鱼多刺，下箸太麻烦，偶而进食而已。

烟和酒，是有害的东西，如书家黄蔼农，因吸烟而致焚毁文物；画家顾坤伯，因吸烟而灼伤躯体。所以我对于烟，是绝对不吸的。又邓散木、朱大可，为了饮酒过度，致或蹇或刖。所以我对于酒，是基本上不饮。逢到家庭欢庆，良友晤叙，则略进一些甜酒，如青梅酒、葡萄酒、郁金香、五加皮酒，一二小杯便止。

谚云：病从口入。尽管人体疾病之产生，除了口入以外，再有肌体受凉、内脏病变、细胞恶性膨胀（癌）等等，但口入致病，终究占很大的比重。舍间在饮食方面，虽不过于讲究，但遵循的原则是：卫生第一，方便第二，味美第三，营养第四……（当今如此丰富食品，已不存在缺乏营养的问题。）至于价格问题，有时列为第二，有时却也作为末位

我家的饮食生活

考虑的。然而，不管后面几条如何变动，卫生第一，是地位巩固，永不变更的。

　　我的儿媳是主任大夫，儿子也受高等教育，今虽年逾花甲，仍十分讲究卫生。他们在操作每日菜肴时，真是"道道把关，处处设防"，为了达到卫生目的，宁可不厌其烦。平时，他们很少在外进食，个体户的饮食铺，更是从不涉足。他们每进饭馆，常常自说自话先直奔厨房，迅速扫视一下其清洁程度，然后决定

是否坐下进餐。点心方面，则选择小笼馒头，刚出笼的包子、糕点，他们认为大饼、烘山芋倒是非常卫生的。在熟菜方面，他们固定在几处店铺购买，如食品一店，尽管其熟菜味道不过尔尔，但其卫生条件良好。对一些干点，他们选购原则是食品外部必须有包装物的，以减少运输途中造成的污染，对那些"赤膊"食品，放大筐内，堆在店铺外，任凭灰沙侵入，但以廉价吸引顾客的，他们对之不看一眼。如果报载××食品厂生产不洁食品，他们就永不再光顾这家食品厂了。汉堡包、肯德基炸鸡，他们对这种其味平平的食品，却甚感兴趣，也出于卫生的原因。

舍间的微波炉，目的不是为了烹饪，而是用于加热与消毒。他们勤换衣服，勤洗手。另此，也时时对我进行督促，我已年迈体弱，洗澡换衣甚感困难，但他们不厌其烦，定期必为我洗澡更衣。

他们对宴席上的这些中看不中吃、徒有外表的花色冷盘非常反感，因为冷盘经过如此细致布摆，食物不知被翻来覆去了多少次，尽管双手或许算是洗净了的。

舍间不进烟、酒、茶，而多吃质量较好的水果，不买质次价廉的食品，嫌贵就宁可不吃。

正因为以上种种，在舍间四代同堂所有人等，从未因进食不慎而导致消化道疾病的，多少年来，家中无一人得过肝炎、痢疾等症，恐也就出于此因吧！

我今年九十三岁，目不昏，耳不聋，腰脚尚健，每天能撰它一二千言。因此很多人问我养生之道，可是我自己却说不出所以然来，不过不吸烟，不饮酒，生活规律化，不妨在这儿作个起居注吧！

晨五时半起身，即整理衾枕，扫地抹桌，借此轻微劳动，活动筋骨。继之漱口洗面，即进早餐，乃白粥一碗，佐以肉松、花生酱

我的起居注

或玫瑰乳腐，因齿牙脱落，较硬的不能咀嚼了。食后，阅览报刊，便伸纸抽笔，应付各处约稿，写些人物掌故，俾下一代得知一些流风遗韵，且我所写的多少带些情趣，自己也觉得轻松愉快，忘其笔劳墨瘁了。客人来访，即搁笔交谈，借此获知朋踪友迹，及文坛和社会情况，免贻井蛙之讥。间有域外人士光顾蓬庐，他们能讲普通话，作文化交流，那是很得益的。

午餐进饭一碗，儿媳为我料理，菜肴都是配我口味而细软的，为之朵颐称快。饭后，素不午睡，休憩一下，或到附近书店，巡视有否我需要的书，又复动笔续写，稍倦即止，摩挲一些我喜爱的文物，或欣赏性的书册，借此调剂。我的第四代曾外孙女，玉雪可爱。她从托儿所回来，总是缠着我和她搭积木，讲故事。转瞬日斜黄昏，一家欢乐地团聚进着晚餐。儿媳们还带些善意地强迫要我听听音乐，看看电视，直至睡魔来临，也就一枕黑甜，几忘东方之既白。

上海书店刊印《民国笔记丛书》，委我主持其事，第一种为汪旭初的《寄庵随笔》，早已问世；第二种为范烟桥的《茶烟歇》，正在影印中；我拟将徐仲可的《康居笔记》作为第三种，整辑是须花些时间和精力的。仲可著作等身，纷纷刊行，可是这本《康居笔记》，他没有及身看到出版，还是他的儿子徐新六（金融界巨子）为他付梓的。不料装订在沪北，

《康居笔记》所谈的饮食

"一·二八"之役，毁于炮火，幸有副本，乃重行排印，仅送亲友，为非卖品，故印数极少。时隔数十年，今已无从看见了。书中颇多谈到饮食，兹摘录一二于下："绍兴郡城，有酒楼曰春宴楼者，以三太娘蛋炒饭著于咸同间。三太娘者，楼主而当炉，饭遂脍炙人口。其女阿三则鬻歌，擅三弦，李慈铭侍御纳之为妾，为改名亚珊。""沪有酒楼回桃源隐，百日而休业，益阳胡文公孙定臣参议所设者。珂（仲可名）尝就饮，盛酒食为陶文毅公（澍）印心书屋青瓷。印心书屋者，文毅由两江总督入觐，成庙书此四字赐之以为额也。""客京师，常观堂会戏。堂会者，主人假座会馆演剧筋客也。京俗，会馆之堂会夜戏，有搭桌请客者，谕知长班，设灯果之宴于楼，则主客且饮且观，乐乃无极。灯果者，八碟六碗，而终之以面。果席者，异于灯果，十碟、四小碗、六大碗。""京师酒席，例于大菜（指燕窝鱼翅而言）之前，有甜碗四，如山楂酪之类。盛夏以四冷碗代之。冰碗者，为鲜核桃、鲜莲子、鲜藕之类，上覆以冰。珂任都时，最喜食之。"以上所谈，涉及掌故。他本人曾游都门，归来后，厌南京而梦北味，赵叔雍知之，特备北味以招饮，葱烧鸭的葱，乃章丘葱，高数尺，径三寸。红果山药泥的红果，乃京城信远斋的红果。又玉米糁之粥，佐以沧州风菜，食毕进茗，则为京市所售的香片，仲可为之朵颐大快。

长寿的传说

现今大家都在谈长寿法，美国《家族杂志》刊载了"寿命指数表"，根据你的生活方式、饮食嗜好，以及性情习惯等等，可以预测寿命短长的确数。这略具科学性，似非无稽之谈。

我国有长寿的传说，那长寿的典型人物，为彭祖和陈抟，如云："彭祖活了八百岁，陈抟一唿睡千年。"这两位确有其人，但这样长的寿命，那就荒诞无稽的了。

按《中国人名大辞典》彭祖一条："上古，姓篯名铿，陆终氏第三子，帝颛顼之孙，自尧时举用，历夏至殷末，八百余岁。封于彭，故称彭祖。"以上云云，仅仅是凭着传说，传说没有事实根据，不足信。所以《中国历史人物生卒年表》、《历代人物年里碑传综表》等都没有著录。陈抟其人，更为著名，《水浒传》第一回，即有："西岳华山有个陈抟处士，是个道高有德之人，能辨风云气色。"《中国人名大辞典》亦有陈抟一条，略谓："宋真源人，字图南。后唐末举进士不第。遂隐于武当山。服气辟谷，移居华山。每寝处，百余日不起，端拱初，自言死期而卒。著《指玄篇》八十一章。"也有不足信的传说成分。端拱为宋太宗年号，公元988年。《书谱杂志》载《漫谈陈抟临石门铭联》一文，何虚中作。亦述及陈抟故事，略谓："云游访道，僖宗时赐宫女不受，封为清虚处士。作《归隐》一首：'十年踪迹走红尘，回首青山入梦频。紫绶纵荣争及睡，朱门虽富不如贫。愁闻剑戟扶危主，闷听笙歌括醉人。携取旧书归旧隐，野花啼鸟一般春。'"至于陈氏之寿，虚中认为生于公元780年至805年之间，卒于988年。

享寿 183 岁至 208 岁之约数。据姜亮夫的《历代人物年里碑传综表》，考证《宋史隐逸传》，断定终于 989年，寿八十有余，似较可信。若依传说"一唿睡千年"，那么其人寿命之长不但能看到解放，并能看到共产主义社会的幸福生活而不止，岂不成为笑话。这无非根据他的好睡，夸张再夸张，直至无限度罢了。

大名士金鹤望之哲嗣金秀鹤，与我为同砚友。嗜饮若命，著有《倚醒随笔》，专谈酒事。

最近友人馈赠仪征胥浦小糕，糕色白似雪，又称雪片糕，片薄匀称，入口香，甘美无与伦比。闻制作工序二十余道，成之不易。

叶圣陶之《多收了三五斗》，采入中学语文课。圣陶早年，执教甪直小学多年，该文即以镇上之万盛米行为素材。

魏塘卓士浩诗人，原籍福建莆田，其先德宦游来浙，遂家也。故宅荔轩。濒霅川，迄今犹称北卓村，惜抗战时被敌军所毁。士浩追怀祖德，仍榜其室为荔轩。黄宾虹、丰子恺、钱瘦铁、孙雪泥、吴东迈、汪声远为绘荔轩图，叶誉虎、吴湖帆、黄蔼农、沈瘦东、金息侯为题识，又于"文革"中悉付劫灰。兹请程十发、樊伯炎重绘，委我作诗，率成一绝应之云："遗泽清芬寄所思，韶光当户日迟迟。梅魂菊影商量偏，犹有余情说荔枝。"鲁迅有胃病，由于早年读书南京时，多啖辣椒所致。

南社诗人陈柱尊，嗜酒成癖，常与人轰饮，自称酒帝。同社顾悼秋亦自称神州酒帝，因此有人以打油诗戏之："莫道铮铮南社士，神州称帝竟成双。"彼曾任交通大学校长，每晚归来，进晚餐，动辄一二小时，盖饭前必饮高长兴之花雕，且饮且与子女谈笑，长女松英经常伴之，因此松英酒量亦宏。

谭延闿，湘人，却具北方人性格，刻一印章"生为南人，性不能乘船食稻，而喜餐麦跨鞍"。

艺人多趣闻。钱定一编《民间美术艺人志》见告：

"段老朋，河北武强人，擅年画，凡年画铺邀请作画，必须饷以一壶酒、几碟菜。一次，执事者仅供金针菜一碟下酒，彼啖之尽，执事者误以为彼喜啖此，次日又以此菜供饮，彼怒，拂袖去，人以其脾气大，不再邀请，致无以为生。不得已，乃在门上自书一条：'段老朋画样子，脾气大改，没酒肉也兴。'有开玩笑者，加以句逗，将酒肉分开，成为"没酒，肉也兴"。

各家的饮食

　　河豚味美而有毒，然善烹之却可登盘。画家吴湖帆常啖河豚，因其戚孙邦瑞，江阴人，江阴人因烹河豚有术者。一日，孙为湖帆烹河豚，邀我同进，我不敢下箸，迄今尚不知其味之美何若也。

　　熊掌亦美味，我从未一尝。一日，书家黄蔼农见告，有人以熊掌二为赠，兹正在探询烹煮法，届时当邀请同饮。奈延日多，熊掌霉腐，弃去未食。按我友陆澹安曾啖熊掌，谓"无佳味"。顷阅陈庆年之《横山乡人日记》，有云："溧阳端午桥约往夜饭，烹熊掌饷客，从来所未食也。略尝少许，味太肥腻，不能尽一块。"

程小青家备一筒，能制冰结凝，暑日大量饷客，我是座上常客。

某岁春日，周瘦鹃时寓沪西愚园路田庄，邀客赏其盆梅，我亦在被邀之列，所备之饮具与肴碗，均为梅花瓷品。赵眠云卜居苏州枣墅，岁初，辄有春宴，我寄寓其家，每宴必参与。彼收藏书画甚富，春宴又必张挂书画，堂轩间琳琅满目，来客无不恣赏。

但杜宇喜啖青豆，新嫩时，每餐必备，否则以罐头青豆为代，客至留饭，常以青豆佐肴。彼饮黄酒，亦与人有异，人饮酒，白者冷饮，黄者热饮，我伴之，花雕、竹叶青亦冷饮。

范烟桥，吴江桐花里人，在吴中温家岸购得巨厦，遂移居，组织星社，常在其家为文酒之会。一次，以家乡土产麦芽塌饼饷客，甘芳可口，谓："是饼为苏曼殊所嗜食，一啖能尽十数枚。"

我访朱孔阳于天平路，辄留饭，其夫人金启静，善制肴，且极迅速，与客周旋，又入厨烹调，双方兼顾，毫不慌乱。

汪小鹣为江建霞太史哲嗣，留学法国，善塑铜像，寓居沪北八字桥，设有厂房，又复花木扶疏，小有泉石之胜。其夫人善制西式点心，一日，邀请诸熟友往游，我与冒鹤亭、潘博山、但杜宇、殷明珠同为入幕之宾。杜宇且出电影摄影机摄取纪录片。尝西点，为之朵颐大快。

夏自怡名宜滋，寓沪市北京东路，善制藕丝印泥，又复善煮功夫茶，因有"泥皇茶圣"之号。我曾与高吹万、程白葭、朱其石同往其家，饮梅花、水仙、茉莉茶，香留齿颊，迄今不忘。

施济群家擅制家乡肉，家乡肉为咸肉之上品。我襄助济群主编《金钢钻报》，每晚在彼家进饭，家乡肉经常吃到，我认为唯一佳肴。按家乡肉之名称，据说出于宋代，抗金名将宗泽，与士卒共甘苦，时以其家乡义乌之咸肉饷士卒，士卒叹美，问："此为何肉？"宗泽答以"家乡肉"，家乡肉因此著名。

乡情溢满烟火气　珍馐至味在人间

在抗日战争时期，上海沦为孤岛，生活很苦，我除教书外，兼辑一小型报。为求阵容壮大起见，便拉了几位老朋友帮忙写稿，那素有笑匠之称的徐卓呆，当然是其中的中坚分子。有一次，他寄给我一篇《先天下之吃而吃》，看了怪有趣味，就把这篇妙文发表出来，原文大略如下："在户口米吃不饱而黑市米买不起的时候，我家里人，早已大起恐慌了，

徐卓呆喫豆饼

独有我作会心的微笑，默无一语，当他们极度忧虑，我就对他们说：尽管放，决不会饿死，我早已备好干粮了。因为我家兼营酱油业，常有充酱油原料的豆饼送来。我胸有成竹，预备一朝买不到米，就得把豆饼来充饥。今见家人们如此恐慌，我就立刻实行，将豆饼磨成了粉，试制各种食品，觉得虽没有独立性，倒是个很好的配角。混入面衣中，其味甚佳，且有香气，而且成分可以各半，制馒头、面包，也颇可口，面疙瘩亦可。但这些成分，只好三与七之比，太多了，恐怕缺乏黏性，所以要做一条条的面，就加不进去。有时领到了户口碎米，拿来煮粥，往往有一些怪气息。如果放一些炒过的豆饼粉下去，豆饼粉的香气，就可以将这怪气味盖去，不但效力大，量也多了。我家一吃之后，人人满意，每月本来可以领到四十二斤面粉，现在大约可以加三十斤豆饼粉进去。这样一来，差不多有了七十二斤面粉可吃，肚子里可以多塞许多东西下去了。把它当作炒米粉那么拌来吃，倒也很香，而且不用和入面粉，不过糖太费了，不是生意经。这是我家独行之秘，一向不肯告人，因为豆饼是猪猡吃的，说出来到底有些难为情，所以只好关好了门大嚼。不料前天早晨，内子华端岑一读报纸，哈哈大笑，原来当局要将豆饼粉作为户口粮了。我一闻此讯，大为欢喜，从此以后，不必怕羞，我合家可以公开做猪猡了。"

我把这篇妙文发表的下一天，有事经过卓呆所居的普恩济世路（即现在的进贤路），顺便到他家里湾一湾，我就问他这豆饼粉当真可口吗？因为卓呆游戏三味，往往说着开开玩笑的，不料他一本正经地对我说：豆饼粉的确很好吃，这里多着呢，你可以带一些去尝尝，

说着即由他的夫人包了一包给我，我带回家，当场试
验，在豆饼粉中加入了些白糖，觉得香甘可口，风味
不亚于豆酥糖。我吃了再吃，越吃越有味，可是吃完了，
不便再向卓呆索取，以为横竖当局要配给出来，吃的
机会多着哩。不料尽信报不如无报，报上的消息靠不住，
当局始终没有把豆饼粉充作户口粮，那么人家不做猪
猡，卓呆却做了十足道地的猪猡，而我也奉陪了他加
上猪猡头衔的刚鬣公。

阴历流行很久，一自民国肇造，改用阳历，但旧习惯革除不掉，致阴阳兼施，有相辅相成之概。当时国史馆馆长王湘绮有副联语："公说公有理，婆说婆有理；你过你的年，我过我的年"，带着滑稽的口吻，为人所传诵。

吃年夜饭，大都遵循着阴历，不是小除夕，便是大除夕，认为辛勤劳累了一年。在这晚上，备着丰盛的菜肴，藉此慰劳一下。

吃年夜饭

所以每逢吃年夜饭，凡出门在外的羁客和游子，例必赶回家来，一叙天伦之乐。我是苏州人，苏俗每一节令，往往有些应景的点缀，尤其吃年夜饭，习俗更为繁缛。我什么事都喜欢简单化，可是我的老伴不允许我作主，她预先数天，什么鱼肉荤腥、蔬菜果品，一筐筐地买回来，烹制得大忙特忙。到了这天，进食前举行祭祀，焚香点烛，以示孝思不匮，既毕，家人便团坐合席，举箸倾觞，席旁备一铜盆，熊熊燃烧着炭结，藉以取暖，称之为欢喜团。且任何什么，都加以好口彩。如蛋饺肉丸称为元宝，黄豆芽称为如意菜。每只饭碗里，藏着两枚荸荠，称之为掘藏，妄想获窖金，无非寓有发财思想。又饭菜必须吃剩一些，谓之有裕吉庆。复别留少许饭菜于小盎中，称为老鼠饭，认为老鼠吃了这顿美食，可免啮损其他东西，似乎蕞尔的鼠类，也懂得人的盛情，从此讲文明，有礼貌，这一系列的举动，是多么愚蠢可笑啊！

　　当时我家人口不多，我们夫妇两人外，只有一个儿子汝德。及汝德成室，媳妇高肖鸿，她按照婆婆的行径，就帮着备这个和那个。自老伴逝世，我们虽吃

年夜饭，可是简单得多了，主要用一紫铜暖锅，中间有一胆，燃着细条的木炭，什么菜肴都投入锅内，热腾腾地吃得更有味。此后，添了两个孙女有慧和有瑛，有慧的丈夫张龙样，有瑛的丈夫俞维城，吃年夜饭，就更热闹了。及有慧有瑛都有了孩子，这是我的第四代。大孩子真真，年三岁，顽皮得很，吃年夜饭，一会儿嚷着要吃这个，一会儿又嚷着要吃那个，却又说不出名目来，我们猜度着给她，倘不符合她的要求，她就哭闹，什么都由她指挥，我们便称之为我家的"小大亨"。总之，一切行动，稚气可掬，却颇足逗人发笑哩。

时光的迅速，比诸白驹之过隙，我虽年属耄耋，可是儿时生活，偶一回忆，似乎尚在目前。即以食物而言，那时尚没有饼干，总是以火炙糕充饥。这种糕，狭长形，经过火炙，具有微焦的条纹，略带一些甜味。还有一种状元糕，和火炙糕差不多，在科举时代，大家希望应考中状元，大魁天下。所以做父母的，给儿童们吃这种糕，鼓励下一代用功读书，将来

几时的食品回忆

一举成名。此外，有桔红糕，一粒粒的，我很喜欢吃。
糖类，如粽子糖，目前尚有出售，以苏州采芝斋的松
子粽子糖为最佳。曼殊和尚每到苏州，必购买一大包。
糖形肖三角粽，故名。同时有钮子糖，小颗粒，浑圆
如衣钮。原来其时的衣钮都是圆的，和现在扁扁的不同。
又其时家家在厨房供着灶神，称为东厨司令，灶神大

都是纸质的，每逢十二月二十四日，为灶神上报天帝之期，必须供祭一番。祭品中备有糖元宝一，那是麦芽糖做的，一称胶牙糖，说来可笑，认为家里未免有些不可揭露的事，倘灶神上报，那就难免遭到天谴，不如让灶神吃了胶牙糖，胶了牙，说不出话，无从报告。祭毕，这只元宝糖，充了我的口福。又每年重阳，称为登高节，都市没有可登的山丘，便吃些重阳糕，糕与高谐音，吃了糕，就算应了节令了。这种糕，小小的方块，每块插上彩色的小纸旗，我儿时对此很感兴趣，因糕可以吃，旗可以玩，一举双得了。又有一种，吴人呼之为东洋酒，沪人呼之为老百酒，冬至前夕，家家必饮的。这酒甜而不烈，度数极低，我颇喜进饮，连倾数杯。实则所谓东洋酒，乃冬阳酒之误传，那是取冬至一阳生之意，日本不产此种酒的。

零食

　　我的寿命长，或许和生活规律化有关。我一日三餐，晨进粥一瓯，中午和晚上，每顿饭一碗，素不吃零食。那起消化功能的肠胃，工作是有限度的，过度操劳，肠胃力不胜任，未免影响身体健康，是有碍卫生的。

　　我这篇小文，称之为《零食》，是不是寓有劝戒之意？不是的，我所谓的零食，仅仅是指零零星星谈些食品罢了。

患血压高的，忌饮酒，忌构思，然有一特效方，常啖向日葵子可愈。患肺病的，多啖白芨粉，亦能自愈，这是徐卓呆为我言的。

邻人韩非木，浙江萧山人，力称湘湖莼菜远胜杭州西湖。顷读胡玉藻《得树轩诗存》，有云："却记湘莼初逞味。"注云："萧山有湘湖，生莼丝甚美。"可见口之与味有同嗜之概。

吴讷士为画家吴湖帆的尊人。我藏有其所书的字屏，但不知其尚擅丹青，湖帆家有讷士所绘《萱寿图》，设色茜丽，颇具风致。按萱为多年生草木，夏月开花，花及嫩芽供食用，俗称金针菜。

文艺界以烟桥署名者凡二人：一小说家范烟桥，平生不吸烟；一木刻家陈烟桥，则不知吸烟与否。

吴祖光喜集香烟小画片，但彼不吸烟。钱化佛喜集香烟匣，彼亦不吸烟，取匣而以香烟赠人。

小说家平襟亚，家贫，父病，思啖马鲛鱼，未得。此后，襟亚终身不啖马鲛鱼。

昔年，丁福保组织粥会，每星期一晚上，约数友如庄通百、吴敬恒、钱化佛、侯湘、周云青、杨践形

和我，就彼话林精舍进粥。粥肴很简单，无非藉此谈
晤而已，如是者数年。

如皋有水绘园，为冒辟疆与董小宛归隐处。我藏有冒氏书画扇，笔墨清疏逸宕，我很为珍赏。又看到吴湖帆所画《水绘园图》，古屋数间，围以短垣，修竹小沼，惨然有致，奈我生平未莅其地，深为遗憾。日前如皋友人馈其地土产董糖二匣，匣面一婵娟，柳眉樱口，佩带微飘，设计亦极雅好。据《崇川咫闻录》，载有："精美者，首推董糖，冒巢民（辟疆

董糖、韩糖和茶花女糖

的字）妾董小宛所造。"原来这时冒氏常集海内名流，觞咏其间，小宛玲珑纤手，亲制酥糖飨客，为客称道，遂以流传，称为董糖。制法以上白糖霜，和以纯净饴糖及褪壳芝麻，成寸许小方块，啖之，极酥松香甜之美，我食而甘之，引为口福不浅。

和董糖先后媲美者，尚有韩糖。曩时电影明星阮玲玉，以《挂名的夫妻》一剧驰名，此后频现银幕，与胡蝶并驾齐驱。初嫁张惠民，以性情不合而离居，犹月送惠民一百元。及随唐季珊，惠民控之法院，一时报纸纷载其事。玲玉时居沪市新闸路的沁园村，以人言可畏，服安眠药片自戕，殡殓于胶州路万国殡仪馆，吊唁者以万计，致胶州路交通挤塞。当时共舞台京剧院，由汪仲贤编《玲玉香消记》，演之红氍，作为时装京剧。当时饰玲玉一角的为韩素秋，演至服安眠药片，以糖片代之，但该剧很卖座，连演数旬，每演服糖片，韩为之腻舌。有某糖果公司，得知其情况，为制一种微甜而不腻之糖以供之，韩大为可口，某糖果公司乃公开出售，称之为韩糖。这时我供职共舞台，得先尝为快，果觉香生齿颊，异于常品。

南社僧人苏曼殊嗜糖，自称糖僧，喜吃苏州采芝斋的粽子糖，更喜吃粤式茶寮同芳居（设在沪市广东路河南路口）出售的舶来品摩尔登糖，这糖有红有黄，扁似围棋子，玻璃瓶装，我幼时也吃过，和现在的水果糖差不多，没有什么特殊口味。为什么苏曼殊的零用账目上，常有购摩尔登糖字样？后来才知曼殊同情巴黎茶花女的生活遭遇，茶花女是喜欢摩尔登糖的，也就对之有特嗜，称之为茶花女糖。

吴稚晖喜吃锅贴

　　谁不知道稚老的风趣，所以鄙人很喜欢趋访他。有一次，从世界社出来，社里预备了汽车送他还府，他说："不需要，我喜欢徒步，好得钱化佛是我的徒步同志，我们不妨边谈边走。"是从福开森路，一直由霞飞路向东，这时同行的，尚有莫副官，其他没有第四人了。他说："走路须慢，当效法新娘子慢条斯理的步上礼堂，才不伤气，不费力。"一路

走，鄙人一路指着两旁的屋宇；这是当时傅筱庵的住宅，这是段祺瑞公馆，这是陈独秀卜居的所在，这是杨杏佛的寓邸。他随着鄙人所指，总是驻足瞻望了一回，才喟然叹口气道："这真所谓不胜今昔之感哩！"既而又笑着说："我早说步行好，这多么有趣？若然坐了汽车，呜的一声驶过了，岂不可惜吗？"最近他要到南京去开会，鄙人说："我时常烦劳你老人家写东西，想自备些常州菜，请你喝酒，不知你老人家能否赏光？"他说："现在物价贵，你境况又不好。何必多费若干

万金呢，不如等我南京回来，请我吃牛肉锅贴吧！"
鄙人说："锅贴有什么好吃，太不够味。"他说："锅
贴吃起来很爽快，好就好在这一点。"鄙人说："那
么等你老人家回来了，一定请你到青梅居，叫二十只
锅贴，大嚼一顿。"他说："二十只哪里够呢？你不
要以为我年龄高，胃纳减，须知二十只只够我一个人
充饥，难道你看我吃吗？至少四十只才足下箸哩！"
说的鄙人大笑起来。有人问他："你老人家为什么和
一个卖画的钱化佛很谈的投契？"他说："在这几年
中，许多人都给社会的洪炉融化了，化佛却绝不融化，
他不怕火，不怕水，抗战前是这样，抗战后仍是这样，
所以我觉得他穷虽穷，却是一个不可多得的好汉哩！"

浙东名士王季欢，殁世已多年，其人善书法，挥写时往往倒逆为之，既成，不误一字。闲作山水，亦苍莽有致。曩在沪上，主辑《鼎脔》周刊，凡数十期，且自办印刷所以承印。周刊多书画金石图版，文字方面，如《分宜清玩录》、《鹿胎仙馆杂灵》、《铸梦庐篆刻学》、《关中金石古逸考》、《古器物学录》、《红树室琐记》、《说玺堂金石经眼录》

王季欢之嗜蟹趣史

等，皆极有价值之作。惜以曲高和寡，亏耗过巨而辍止。王喜写僻字，周刊附有副墨，"副"字写成"福"字，将福字多加一点，某见而以为误，致书于王，谓"福"字从"示"旁，不从"衣"旁，请其更正。王乃答复之，备极讥讽。且谓："《康熙字典》、《唐韵集韵》，敷救切，覆去声，今文作副。苟《康熙字典》文字舛误，则文字堕落，贻笑大方，《康熙字典》任之。"某为之大窘。王娶影星王汉伦为如夫人。某次出游，王致书汉伦，嘱其于某日送礼至某戚家。"礼"字作古体"礼"，汉伦不解，覆札询之，则已过期不及送矣。

又相传王尚有一吃蟹笑史。王一日持蒸蟹累累至酒肆就食，肆伙谓："不如带活者来，可以代煮，乘热进之，不较腴美耶？"王曰："不然。我本拟在家中啖酌，奈近邻不戒于火，火势熊熊，家人惶急不知所措，有失侍奉，故特带来以恣口腹耳！"

杨士骧喜啖羊肉

有清名宦杨士骧，以干练称于时。任山东巡抚，以曹州教案，自胶州至高密，悉为德兵所驻守，铁路警政，俱被横夺。士骧先隆礼貌以欢结之，渐以理势开晓，德人竟撤兵而还我利权，且请其国主而赉杨以宝尾也。又以黄河岁溢为灾，官吏利倾帑岁修，因缘为奸。遂身巡河堤，厉赏罚，决则官奏劾，兵弁依律论斩，由是终杨任，河无决溢。督直隶时，

陛见之余，至前门某街，入羊肉馆大快朵颐，同座者皆下隶厮养，杨不为意。啖既，甫出门，遇同僚李京卿驱车过，与之为礼，讶询何以至此，则谓此间羊肉馆素负盛名，微时尝食而甘之，今日偶经其地，肉香触鼻，不觉馋涎欲滴。因拉李入座试尝之，李虽频加赞美，然殊感坐立不安。杨据败桌，坐敝凳，又复大嚼，其脱略形迹有如此。杨通艺事，善作对。一日赴回人马龙标之宴，肴馔皆鸡鸭，摈绝豚肉，酒酣，乃笑谓马曰："尊姓名可与鸡鸭杂为对。"闻者咸笑。盖俗以鸡鸭之肾肠心肝为杂也。杨之夫人嫉妒甚，虽置姬妾而不许值宿，杨苦之，乃自制一挽联曰："平生爱

读游侠传，到死不闻绮罗香。"杨死于宣统元年五月，享年五十。其弟士琦，即以是联悬之灵前。士琦好学，案牍余暇，手不释卷，尝谓于史喜《通鉴》。于诗喜工部、玉溪、临川、遗山，于小说家言喜《世说新语》，曾斥资校刊《世说新语》，并作序于其端云。

在二次大战期间，日寇侵入，上海沦陷，当时市民的生活是很艰苦的。市民们的口粮来自二个方面，大部分只能依靠日本当局配给的平价米、食粮（即苞米粉之类的食物），极少数比较有钱的，则买一些上门来兜售的大米。这些前来兜售的粮食贩子，他们之中男女老少都有，是冒着生命危险越过封锁线，将大米私藏身上，所以赚这一点钱，也是极不

上海沦陷时期的食粮

容易的。当然依靠薪水过日子的市民，是吃不起大米的，只能吃配给的口粮。

配给米，当时市民称之为"八宝饭"，因为其中渗杂着沙粒、黄沙、石子、稗子等有八种不能吃的杂物，每餐以前，必须把这些杂物拣净，否则根本无法入口。除米以外，那就是配售的六谷粉了（苞米粉），但这些配给的粮食是不够每户吃的，于是就得自己设法去弄各种其他食品填肚子，其中有一项就是豆饼。

豆饼原来是将黄豆经过榨取油后的残渣，是给猪吃的饲料，但在敌伪时期，不少人却将之作为人的食粮。在我诸友中，第一个尝试的便是徐卓呆。卓呆素有笑匠之称，生性幽默，善于动脑，他也是第一个把外国体操带进中国的体育界先驱。在沦陷时期，食粮恐慌，卓呆曾将豆饼进行过各种试验，先将豆饼磨成粉，混入面粉内，制成馒头、面包、面衣饼、面疙瘩等，成分为三与七之比，豆饼粉如放得超过三成比例，做成的面饼就缺乏黏性。还有将豆饼粉掺入米内，用以煮粥，倒也有些香味。偶而也和以黄糖，把它当作炒米粉吃，也别有风味。卓呆终究是个文人，家中常吃豆饼，外

人得知，总不免难为情，因为这是猪吃之物。我与卓
呆是老友，他就据实以告，我初时尚不信，他当场取
出经过炒熟的豆饼粉，拌以白糖给我尝试，我吃了些，
感到风味也不亚于豆酥糖，索性吃了再吃，越吃越感
香甘可口，之后还曾撰文一则，载于报刊，以示推广。
不一年，日本无条件投降，豆饼为市民食粮，已成历
史陈迹了。

姑嫂饼别饶风味

年来，人们的生活随着经济的好转逐渐提高，即以饮食而言，什么名肴佳点，纷纷应市，为之大快朵颐，因此，使我想到别饶风味的姑嫂饼来。

我友丁传淞，邀我到他四娱斋去清谈，到了那儿，座上还有几位很风雅的朋友，一见如故，不拘形迹。这四娱斋匾额，出于吴霜厓手笔，我问他四娱指什么说的？他说："我没有什么嗜好，

所自娱的，一是书画，二是碑帖，三是花木，四是笼鸟，
无聊郁闷时，便婆娑在这四物之间，不觉忘怀一切，
宠辱都蠲。"我环视他的室中，果然架上有一鹦鹉，
曲啄刷羽，状态入画，盆盎中所栽的六月雪和仙人掌，
很秀挺地茁长着，其他卷轴累累都是，更有数十种的
兰亭帖，也是很名贵的。此外，尚有清乾隆窑的大瓷缸，

畜着一个绿毛龟，毛茸茸更形硕大。我就对主人说：
"这龟不是也很够味的吗！那么你的四娱不妨改为五
娱了。"他说："龟虽昔贤不讳，然世俗总觉得有些
不雅致，所以就把它摈去了。"

在这当儿，忽地他的夫人，捧出两盘点心来敬客，
一盘是寻常的肉丝炒面，还有一盘，却是桃瓣形的餐
饼，上面钤着殷红的小印，辨其文，乃"千秋"两字，
含有颂祷的意思。这饼我叫不出它的名目，问了主人，
他说："这是姑嫂饼，从前郭频伽词人家里常吃的。"
说到这儿，他便翻着频伽的《忏余绮语》给我阅看，
果然有绮罗香同一阕，咏着姑嫂饼："屑面轻匀，搓

酥滑润，传自香闺新制。样学桃花，小印脂痕红腻。想晓趁戛釜时光，正娇伴扶床年纪。全不防肠断行人，垂涎先在下风矣。桥梁临水堪认，道是蒋家妹小，食单亲试，作罢羹汤，纤手入厨重洗。笑曲宴画地虚名，爱啮唇颂椒风味。莫教惩说与彭郎，况宁王宅里。"

那确乎是有来历的。记得南唐有子母馒头，这子母的名目，就远不及姑嫂两字来得耐人寻味。下箸的时候，也觉得舌端甜津津地香留齿颊。据说，制这饼时，把蜂蜜拌和在面粉中，用杏脯作馅，所以入口越发甘酸可喜。至于为什么叫姑嫂饼，主人也说不出其所以然了。

陶诒孙嗜吃薄脆饼

《寒松阁谈艺琐录》载："陶诒孙善画山水，苍莽浑厚，不落恒蹊，说者谓其笔意峭拔，皴法疏简，焦墨苍古，别有意趣。"我友陶冷月以丹青蜚声大江南北，诒孙即冷月之伯祖父也。诒孙含饴弄孙，爱冷月殊甚。冷月行二，因以小二呼之。诒孙作画，冷月常坐其膝上，观调丹杀粉为乐。盖爱好绘事，生有异禀也。诒孙，吴江人，洪杨之役，避居周庄，周庄始终未遭蹂躏，遂家焉。嗜吃薄脆饼，每晨必进若干枚，取其甘而不腻，松而易化也。一日清晨，正在作画，忽闻唤卖薄脆饼者，立命臧获招之人，见卖饼者为髫秀之稚子，心窃异之，即购得若干。稚子立于侧，观诒孙挥洒，恋恋不忍去。诒孙曰："痴孩子毋多耽搁，可以行矣。时及午，则家家进饭，饼罕售主，不如乘早出卖之为得也。"稚子曰："我曾学画，今见点染，不觉起欣羡之心。"诒孙嘱其试画竹石，

居然萧疏有致，诒孙以为可造之材，因叩其姓名身世，则出某巨家，家人失散于兵荒马乱中，无以为主，乃借以免饥寒耳。诒孙大为怜悯，乃留之家中，教以皴刷点拖，渲捽斡擢诸法，于是气运生动，笔墨具见。及战事弭止，乃送之返。后来其人以书画金石，卓然成家。闻从诒孙游者，尚有陆廉夫恢。廉夫日事临摹，时冷月尚幼，与廉相差四十龄，而顽劣异常。廉夫所临摹者，辄背而加以涂抹。某次，廉夫临诒孙山水巨幅，层峦叠嶂，刻意经营，凡二日，画已垂成，未及检藏，而铺于案上。一转背间，而冷月又复施其故技，于悬崖上加绘一松。廉夫见之大恚，以示诒孙。诒孙曰："小二笔尚不俗。"而廉夫却认为范本上无此虬株，足为全幅之玷。诒孙反斥之曰："作画不能拘拘于范本，须有创造精神。我画如是，尔临亦如是，脱我而死，尔将安临哉！"不意竟成谶语，翌年而诒孙果死矣。诒孙且擅韵语，有《岷江渔唱》、《陶氏五宴诗集》，刊行于世。既死，所有印章，悉在其侄际可处。际可亦善画，外间诒孙之赝品，什九出于际可手笔。至于诒孙之师，人绝少知之，盖王椒畦也。

农劲孙的养生术

《近代侠义英雄传》里的人物农劲孙，我曾晤见过一次，这时他已九十一岁了。我觉得他虽白须飘飘，然神清气爽，耳目聪明，齿牙毫不动摇，走起路来，和少年差不多，很是轻快。

我就叩问他的养生术。他说："没有什么方法，只是每次进食，不使过饱，葱蒜烟酒许多有刺激性的东西都摈绝不进。夜间睡眠五六个小时，起身是很早的。人家称誉我或毁谤我，我都不加喜怒，身心泰然，一些没有负担。那些戏院舞榭热闹场所，从不涉足，原来好鸟枝头，落花水面，足以适我情意，不必再求其他娱乐了。最好在崖巅林隙，仰卧看云，机心消失，禽类自来和我亲近。到这时候，仿佛天地即我，我即天地，似乎圣贤天地人三才之说，未免多此名目了。"

我又问他，记忆力怎样？他说："事有当记和不当记，不当记的何必记，记了徒然扰乱心怀。不当记的不记，那么当记的也就容易记得了。"他又说："在童年时，喜欢和老年人相处，原来老年人见识既多，经验又富；相处久了，得益是很多的。但现在自己年迈苍苍了，却喜和孩子们混在一起。孩子们天真烂漫，有趣得很，不像那些老头儿一味人情世故，处处虚伪作态哩。"

近年来一直没有晤见过他。近和朋友谈天，谈到了老人家。据朋友说他已于数年前故世了。他是宣城人，生于前清咸丰年间，不但擅武艺，也工文翰，书法是很挺秀的。

末代皇帝的伙食账

从前皇帝的生活，尤其是膳食，究属不知怎样的，这是大家都想知道一些。最近瞧到潘际垌和溥仪谈话，写着《末代皇帝秘闻》一文，有一段谈到皇帝吃饭问题，如云："溥仪说：'我记得当年在皇宫里每天只吃两顿饭，虽然有好几十样菜，可是真不好吃，千篇一律，味道也不好，简直像给死人上供的一样。当时不叫开饭，照规矩应叫传膳。一声传膳，从我住的养心殿到御膳房的路上，站着好几十个太监，非常快地就把一样样菜进上来了，菜都是老早准备好的。盛菜的盆子并不大，就是样数多。每天吃饭的时间大约在上午九点钟，下午四点钟光景，另外还有果盒，那是随时可以吃的。'"

巧得很，我的朋友钱玉斋，他藏着一本宣统二年七月份《膳房办买肉斤鸡鸭清册》，那就是末代皇帝的伙食账，我就向他借来录一副本。

那本清册封面签条上宣统的"统"字上加一朱点，大约给溥仪过目，朱点还是御笔（这时溥仪尚幼，当然是摄政王所代）。这册子是连史纸本，每页有满文印章，小楷记录，字迹很工秀，末有"总理茶膳房事务大臣继"、"总理茶膳房事务大臣增"、"二品顶戴头等侍卫尚膳正维康"、"值年尚膳正永福"、"三等侍卫永顺"、"三等侍卫福泰"、"领班侍卫全海"、"蓝翎侍卫景盛"画押。册中分"皇上前分例菜肉"、"皇太后前分例盘肉"、"瑾贵妃分例盘肉"，以及军机大臣、军机章京、上书房师傅、南书房翰林、懋勤殿翰林、御前太监、内殿总管首领、小太监、如意馆官员书画人等、敬事房写字人等、勾字匠役，名目很多。

每天所开菜肴，无非鸡鸭猪肉普通之品。比较特殊的，有"苏造各达肉"、"尖供尾庄"、"他尔金肉"、"克食盘肉"、"做卷塞勒"，大概是满州菜，不知道用什么配制的，每天菜肴差不多是大同小异，没有什么新花样。下面总结，如菜肉一万七千零九十斤八两，合银二千七百三十四两四钱八分。猪油八百五十一斤，合银一百三十六两一钱六分。肥鸡一千零二十一只，合银一千八百三十七两八钱。鲜虾四百三十六斤八两，合银三百四十九两二钱。鲜鱼四百九十三斤八两，合银二百九十六两一钱。螃蟹三百七十七斤，合银一百二十二两六钱四分。鸽蛋一千四百四十个，合银一百两八钱。玉米片一百零九斤八两，合银一百九十七两一钱。其他如火腿、咸肉、荸荠、薏米仁等数量也很多，通共合计银一万四千一百三十二两七分。一个月仅仅伙食，消耗如此，帝皇生活的豪奢，于此可见。

品馔也是读书　治大国若烹小鲜

"一粥一饭，当思来处不易。"这是朱柏庐的家训，妇孺皆知的。我们饭会和粥会，却是群众化而有相当的组织，宗旨无非提倡素食，从事节约罢了。饭会自民国十二年起始的，每月四次，逢星期三举行，因此称为星三饭会，规定六小菜、四大菜、一汤、二点心，都是素的。会员赵云韶设着功德林素食处，所以就在功德林进食。那赵云韶，本是天台的

饭会与粥会

监狱官，目睹刑罚惨酷，罪犯的众多，他大大的不忍，发着慈悲，实行戒杀，开素菜馆以为创。欧阳石芝、狄平子、李云书、王一亭，都加入资本，后来居然闻风而起的不一而足，关炯之在王楚九知足庐故址开慈林素菜馆，更有人办新慈林，佛教居士林主任朱石僧在广西路开菜根香，贾某经营觉林，一再迁徙，一度开在望平街时报馆隔壁，若干年后，买到名伶毛韵珂的住宅，觉林移到霞飞路，于是素食成为一时风尚。我们的饭会的主脑，是丁仲祜居士，参加的，每人纳费四角，原来这时菜价便宜，每桌只二元四角，且例无烟酒，每次三人当值，轮流为之，最盛时，计开八桌之多，昼间各有工作，时间局促，总是吃夜饭借此畅叙，有时他处居士高僧来沪，我们就欢迎他们来宴会，席间谈佛讲经，非常有趣。那年丁老六十七诞辰，我们即在功德林为他祝寿，记得这天到了四十位，年龄都很高，如庄清华年八十六，范味青七十六，高于晖七十四，朱燮钧七十一，侯保三、蔡松如均六十九，屠友梅和丁仲老同庚，匡仲谋六十四，史问樵六十三，邹颂舟六十二，潘伯彦六十一，冯绪承六十，余则六十以下，统计二千零七十三岁，庄通百说："这可称二千岁宴。"从这次举行后，好久没有举行过，直到最近鄮人和粤东苏天纪宴李石曾、太虚法师、丁仲祜于功德林。李石曾有世界素食会的发起，他说："吃了荤便有兽性，要提倡人道主义，不可不从吃素入手。"太虚当然秉着佛旨，绝对戒杀。仲祜说："吃素可以清肠，血压不会高，血管不会硬，足以延长寿命。"吃了饭，我们拍了一张照留为纪念。仲祜、石曾、太虚都很有意思重兴饭会，预备每人收餐费三千元，两星期举行一次，恐不久的将来，即能实行了。粥会和饭会是有联系性的，所以粥会的会员，大都是参加饭会的。在民国十一年，丁仲祜、吴稚晖、庄清华、裘葆良等，天天到一乐天茶馆喝茶，上天下地，古往今来，无所不谈，很是投契。丁仲祜晚间是吃粥的，就每星期一晚，请他们到丁家去吃粥，素菜六盘，不论风雨寒暑，从没间断过，来宾必签名于册。第一次参加，且写居址及生年月日，册端书有约言，如云："星一会中，弗尚虚礼，不迎客来，不送客往，宾主无间，坐立无序，真率为约，简素是具，代饭以粥，代茶以水，闲谈古今，静玩书画，不言是非，不论官事，行立坐卧，忘形适意，冷淡家风，林泉清致，道义之交，如斯而已，罗列腥膻，周旋布置，内非真诚，外徒矫伪，一关利害，反目相视，此世俗交，吾斯屏弃。"无非仿着司马温公的真率会而参用其辞意。丁府搬过多次，粥会也随着迁移。后来，仲祜的哲嗣惠康，在西洋学医，得着博士头衔，回国执行医务，设诊所于张家花园对过的麦特大楼，粥会又移到麦特大楼，按期举行。惠康是爱好书画古玩的，室中铜佛陶马以及瓷盎古鼎，符采虎炳，极古色古香之致，我们参加粥会，也得与古为缘，确是很难得的。沪地沦陷之初，物价尚低廉，粮食不成问题，粥会照常，此后市上充斥六谷粉，米没有卖，粥会只得停止，改在仲祜家中诂林精舍备些茶点，居然也群贤毕至，少长咸集。胜利来临，惠康诊所移至静安寺路美琪大楼，粥会也移到美琪，吴稚晖八年没来参加，于是重来叙旧。最近又移到霞飞路香雪园，莲叶田田，凉风拂袂，尤于暑晚为宜，诸同人拟在仲秋，举行一纪念仪式，请吴稚晖演讲，并摄一影，由冯云初等担任干事。

南社为中国近代第一个民族革命旗帜下的文学社团，媲美明末的几社和复社。经常举行雅集，聚餐当然是雅集节目之一。第一次雅集于苏州虎丘，其时在一九〇九年十一月十三日，有柳亚子、陈巢南、朱少屏、黄宾虹、俞剑华、胡颖之、陈陶遗、庞树柏、朱梁任等十九人。在张公祠喝啤酒，菜肴是由船娘所制。苏州的船菜，别具风味，是向来有名的。

南社的几次聚餐

把船菜搬上岸去也很方便，一边吃喝，一边选举职员，预备刊印社集。陈巢南当选为文选编辑，高天梅为诗选编辑，庞树柏为词选编辑，柳亚子为书记，朱少屏为会计。大家兴致很高，觥筹交错，昌言无异。树柏做了一首虎丘雅集纪事长歌，并拍了南社第一次雅集照片。我辑《南社丛谈》，把这照片列于卷首。这年陈巢南任教杭州高等学校，由巢南作东道主，第二次雅集即在杭州唐庄举行。社友从各地赶来，马叙伦当时亦执教杭州高等学校，也欣然参加。这天午餐即在唐庄，晚上又在聚丰园，酒醉饭饱。此后，南社活动，重点移至上海，把旧时法租界洋泾浜五十四号民立报社作为通信处，所有集会，都由通讯处发号施令了。所以第三次雅集即在上海味莼园（俗称张家花园）举行，当夜就岭南楼进西肴，尽兴而散。

第四次雅集于上海愚园杏花邨，这天到会的凡三十四人，午餐在愚园。该园供茗点，也备酒肴，今园址已废，只有愚园路了。晚宴在麦家园（今山东中路）的大庆楼。第五次仍假愚园举行，吃些茶点，没有吃饭。第六、第七次雅集都在愚园，晚上雅聚园聚餐。第七次，亚子和高天梅喝了酒，对于编制问题闹了意气，亚子愤而登报声明，脱离南社。所以亚子均没有参加在愚园举行的第八、九、十、十一次雅集。社友觉得群龙无首，难以嘘气成云，茫洋穷于元间，便把编制改为集权制，以符合亚子的意图，并在愚园云起楼召集临时雅集，欢迎亚子的复社。第十二次雅集，正值中日条约签字，亚子有慨外交形势的日非，书生的无用，在赴愚园车中，口占了一诗："驱车林薄认朝暾，草草重来已隔春。毕竟何关家国事，羞教人说是诗人。"

此后的雅集，不是愚园，便是徐园或半淞园。徐园的旧址在今康定路，半淞园旧址在今南市，当时都附设肴馆的。

新南社成立，举行第一次聚餐于上海小花园都益处菜馆，公举柳亚子为社长。第二次也在都益处。第三次在西藏路南京路口晋隆西菜馆。此后不再举行，因新南社无形解散了。

每次聚餐，往往玩些酒令，以见雅人深致。记得陈偁鹤有一篇《雅集纪事》曾述及此次饮宴，略云："俞剑华提出猜拳不如行令，飞四书相连数句，遇口字饮，字中有口字者照数饮。剑华饮一令杯曰："人知之，亦嚣嚣，人不知，亦嚣嚣。"胡朴安令曰："讴歌者，不讴歌启而讴歌益。"既而又改行一令，第一句古诗、第二句词曲牌、第三句诗经，要贯串，佳者各贺一杯，不贯串及错误者罚三杯。如叶楚伧的'万国衣冠拜冕旒，齐天乐，我武维扬'、周芷畦的'龙蟠虎踞石头城，望江南，禾黍离离'、冯心侠的'芙蓉如面柳如眉，罗敷媚，窈窕淑女'。陈巢南笑着说：'十一点钟了。'便戴上帽子，一边走一边说：'惜花春起早，春光好，桃之夭夭。'"谐声为逃之杳杳，合座为之唔噱。凡这许多，都是怪有趣的。

最后的一次宴会

　　周瘦鹃前半生是一位名小说家，后半生是一位名园艺家，园艺的成就，更在小说之上，甚至西方人士都钦佩他。他有两句诗："要他海外虬髯客，刮目相看郭橐驼。"这是多么志得意满啊！不料这样一个为国增光的人才，竟在十年浩劫中牺牲掉了。

　　他晚年筑紫罗兰庵于苏州，被"四凶"迫害，即在他家园中投井而死。他在临死之前，曾偷偷地投寄一信给我，这信我保存着，作为永久之纪念：
"逸梅兄：久不见，长相思，危疑震撼中，辄复怀念海上诸故人不已。兹决于日内来沪一行，藉倾积愫，请代约慕琴、澹安、碧波、明霞四兄，如有可能，即于午刻同出聚餐，吾兄以为如何？余容面声，此颂时祺，弟周国贤上言（国贤是周瘦鹃的原名）。九月二十二日灯下。"另附一行："不必赐复。"我接到这信，就分别通知了丁慕琴、陆澹安、徐碧波、吴明霞及沈禹钟，届时均践约来到江湾路虹口公园相近的沈家，相互握手，未免悲欢交集。他说："郁闷了多时，今天才得舒了一口气。这几位老友，多么热忱，多么恳挚，真够得上交情。在苏州的几位，平素是时相往还的，现在却漠然若不相识了。那范烟桥受屈逝世，往吊的，只有我一个人，人情淡薄得如此，能不令人兴叹。"实则不是这样一回事，原来在凶焰嚣张中，当地人谁敢有所活动，彼此交谈，是要遭麻烦的，瘦鹃涉想，未免太天真了。

我们几个人，除禹钟患气喘，杜门不出外，其余都赴四川北路海宁路口开福饭店，肴核杂呈，觥筹交错，吃得比什么都有味，谈得比什么都有劲。瘦鹃生平有四大快事，他认为这次是四快之外的一快。席散，瘦鹃还要去访严独鹤，我们送到他上车，岂料这一别，也就是人天永隔了。

养生之道

八十九十为耄耋，见诸《曲礼》。人生七十，古来称稀，那么耄耋之年，当然是稀而又稀的了。但新社会却不然。我今年九十有三，视犹明，听犹聪，腰脚尚健，应出版社和各报刊之约，日试一二千言，习以为常，不当一回事，这不是我具道家吐纳之术，释家禅定之方，凡此都缺乏科学根据，我从没有研究过，何况实行。我之所以如此，大约在生活习惯方面，恰有几点符合着养生之道处，自我检点，姑妄言之而已。

这可分两方面讲。一是锻炼身体。我在学校读书时，即喜体育活动，每逢开运动会，我总充当选手，什么赛跑、跳高、铁杠、平行木，都有那么一手。离开学校，还是经常跑路，少乘车辆，即使购了公共车辆的月票，在站头候车，候了数分钟，车辆不来，或候车人太多，我便不耐烦，拔脚就跑，几乎做了神行太保。直到目前，我仍迈着大步，那热闹地方，不喜经行，因为前攘后挤，走路不爽快，宁可绕着僻境，多走几步路无所谓。总之，走路是全身运动，无怪古人有"安步当车"之说了。且一日三餐有定时，有定量。既不吸烟，又不饮酒，也不吃零食，饭后进些水果，可助消化。

一是精神营养。我虽不敢说，没有一些名利思想，但对这方面较为淡薄，不竞不争，纯任自然。否则为了名和利，费心竭虑，非但不上算，且也有损体健。所以我曾经这样说："求其所可求，求无不得；求其所不可求，求无一得。"妄求名利，这是要不得的。人总有思想，思想宜单纯，不宜复杂，已经过去的事不想，想了徒增懊悔，未来的事不想，想了亦徒然无济，还是想着今日当务之急，安排妥帖，按部就班，自然觉得生活过得很好，所谓知足常乐。这个常乐，便是精神上一帖补剂。至于盆中花木，架上图籍，壁间字画，倘再蓄着一缸红鳞，游潜上下，都是怡情养性。日间忙劳了一天，业余有此消遣，释虑开怀，然后酣然入睡，一梦蘧蘧，不觉东方之既白。我是这样度着生活，迄至晚年，无病无痛，有了公费医疗证，很少使用，几乎等于废纸。

养生赘谈

我生于前清光绪的乙未，今年九十有三。前人说"人生七十古来稀"，我却藐视古稀之七十，认为它落后了，远不及我的突飞猛进，名列前茅。

我腰脚尚健，友人自瑶林洞来，送我手杖一根，我名之为"瑶林仙杖"，但搁置不用。眼不昏花，晚上看书报，不需戴眼镜；听觉也不差，很轻的剥啄声，也能听到。很多人问我的养生之道，说来很简单，我既没有不老方，更没有长生术，不练气功，不打太极拳，仅仅不吸烟、不喝酒，生活规律化而已。什么都看得很淡，名和利，有的人攘夺奔竞，我却从不置身其间。不与富交我不贫，不与贵交我不贱。不贫不贱，岂不乐哉！

我认为身体要活动活动，不要做饭来张口、衣来伸手的老太爷。如铺床叠被，扫扫地，抹抹桌椅，这种轻微工作，都不应当假手于人。又认为脑筋也当活动活动，所以我虽不靠写稿为生，还是每天执笔写一二千字的短文，把我所知道的掌故，告诉下一代，这是我当尽的义务。有朋自远方来，我就以逸待劳地接待，上下古今，什么都谈，于心莫逆，笑逐颜开，这是我的休息，也是我的娱乐。我的曾外孙女，一片天真，叫我太公，有时缠着我帮她搭积木，开玩具汽车，讲《小猫钓鱼》《小羊和狼》的图画小书，我亦乐此不倦。她唤起了我的童心，我几乎把耄耋之年都忘掉了。

此外，我把素所爱好的东西，列置在我的榻右和桌上，如钱梅溪的竹刻，秦阿房宫长生无极的瓦当，黄易所藏建衡砖砚，元诗人杨铁压手植的枯松枝，陈散原老人的书幅，吴湖帆所绘的纸帐铜瓶室图，以及松化石、雨花台的五色石，真是满目琳琅。时时观之，欣然自得，凡此种种，都属精神营养，对于健康，是有较大益处的。

朵颐快语

"国以民为本,民以食为天",可见食的重要性,食不仅充饥,且也是一种享受,就在这儿,拉杂谈些食品吧!

夏敬观诗人结饭社,每周聚餐一次。

蛋炒饭,乃寻常食品,不知其中亦有烹调艺术在。旧时福州路有一看馆,名大西洋,以六小姐饭著名,所称六小姐者,乃一名校书梅茵老六,精于烹调,亲自指导厨司制蛋炒饭。该馆以此著称,居然生涯鼎盛。我也在此就食,这饭色香味三者俱全,且松软殊常,为之朵颐。闻绍兴有春宴楼,以三太娘蛋炒饭脍炙人口,三太娘为该楼主人而当炉者。徐仲可的《闻见日钞》载其事。

上海酒楼,名醉沤居,门前有一对联:"人我皆醉,天地一沤",这是王秉恩开设的。又有桃源隐,这是胡林翼文孙胡定臣开设的,所用青瓷,有"印心石屋"字样,乃陶澍家故物,二酒楼都雅洁宜人。但社会俗人多、雅人少,生涯不很好,不久便停歇。

潘兰史嗜酒,鬻书润格,称为酒例。白蕉书法雅逸,他嗜啖鸭肾,人以鸭肾换书。高冠吾、钱病鹤曾在南京路设一羊肉餐馆,命名大吉羊,原来"祥"古通"羊"。金松岑每餐饮青梅酒,步林屋每餐进白兰地,逢赴友宴,他自携酒去。

我早年曾刊行笔记,取名《茶熟香温录》,漱六山房为书封面,张丹翁、许瘦蝶、金季鹤为题序。所记凡一百数十则,距今已超过半个世纪,且首冠一天平山所摄影,检之不胜今昔之感。

龙华镇旧有瓜豆园路，那是光绪二十年（1894年），陆云僧筑瓜豆园而得名。云僧为希社诗人，园中栽瓜果，常以饷客。曾留有一照片，著《官场现形记》的李伯元，便是座客之一。

先祖父锦庭公，喜啖花生，齿蜕不能进啖。其时市上有精巧玲珑的花生刨出售，把花生刨成粉末，和入少许糖霜。我得分尝，甘芬可喜。我亦喜啖花生，亦齿蜕不能进啖，可是市上早已消失这种花生小刨了。

苏曼殊喜啖八宝饭，因八宝饭为甜食，曼殊固嗜糖成癖，自号糖僧。与某公书，有云："承远颁水晶糖、女儿香各两匣，以公拳挚之情，尤令山僧感怀欲泣。"又与柳亚子书："每日服药三剂，牛乳少许，足下试思之，药岂得如八宝饭之容易入口耶！"他最不喜啖的为山芋。懒残山芋，属于僧家生活，为什么曼殊却反其道，这是有原因的。据云，曼殊曩居日本东京，贫困殊常。一日囊中只有小银币五枚，东京生活成本很高，这五枚小银币，不足以供一餐的费用，而山芋在彼邦，价极低廉。便购买若干斤，初颇朵颐大快，或生或熟，或汤煮，或干煨，用以果腹。但连吃三天，真有如《水浒传》李逵所谓"嘴里淡出鸟来",从此见到山芋,即生厌恶心,不再下箸了。

著《石遗室诗话》的陈石遗,晚年卜居吴中,和章太炎、金松岑、李根源、苏炳文等常相唱和。家有良庖,春秋佳日,招友宴饮以为乐。有栗泥及玉燕团二肴,尤具特色。栗泥,那是捣山栗为之,松甘芳美,无与伦比。玉燕团,则切猪肉为醢,稍干,摊成薄衣,复屑肉搓为小团,鲜羹煮之,入口而化,有人造燕窝之称。

于右任一度任监察院院长,能自煮羊肉,谓亲得蒙古人指授,有成吉思汗羊肉、高加索羊肉等名目。一日,与友人谈及我国烹饪之精,有熏、蒸、炒、炖、焖、拌、烫、炸、熘、烩若干种之多,比诸西法治膳,仅煎、烤、煮,相去甚远。友人笑着对他说:"您的监察院院长,不如易位为烹饪院院长,更为合适。"

粤菜馆有伊府面,为面中之有特色者。所谓伊府,乃出于宁化伊秉绶家,秉绶有一姬人,善治点心,是面即出其手制。秉绶号墨卿,工书法,别成一体,其后人伊立勋得其薪传。旧时上海《新闻报》的报头三字汉隶，即立勖手笔。黄蔼农私淑其法，亦负盛名。蔼农同乡李拔可诗人，搜罗秉绶遗迹独多，因署其斋名为墨巢。某岁，拔可悬挂秉绶书件，满其斋壁，邀海上诸书家宴饮，饷伊府面，无不大为赞赏。

沈禹钟为南社诗人，喜啖笋和枸杞，谓：清明前后，取枸杞嫩叶及稚笋，一同烧煮，味极隽美。有诗咏之："竹萌枸杞粲登盘，节物如期到眼欢。嫩色初看锦绷脱，野丛新摘露芽寒。"

诗人程景溪，家庖荠菜饼，别有风味，薛平子食而称美，赋诗为谢，景溪和之。

毛泽东喜啖红辣椒，曾以红辣椒一包，寄赠斯大林。

同时以卖糖自称之作家有二人，一任中敏，所作以唐代文艺为主，自号卖糖人。一施蛰存，研究唐代文学，且带研究生，自称敲锣卖糖。

汪旭初嗜酒成癖，晚年戒绝，代之以茶。

闽人喜饮铁观音茶，佳品极难得，且值奇昂，胡朴安于林菽庄家得尝，誉为香留齿颊。朴安与许世英为儿女亲家，有人赠许佳品铁观音十小瓶，许转赠朴安四瓶，朴安视为至宝。

紫藤着花，垂垂似璎珞，极可爱。直隶总督陈庸庵退隐家居，植紫藤多株，取花制饵，称紫花饼。

黄花岗烈士林觉民，喜进酸辣汤，孙中山曾访觉民，林夫人亦进是汤，中山赞不绝口，遂有中山汤之称。

女作家白薇，喜啖果品，有时啖果腹饱，终日不进饭。

寿桃祝寿，已成常例。曩年，我为母亲庆六十寿，承我师陈伽庵，绘桃直幅见贻。及我某岁称觞，黄蔼农、谢闲鸥、胡亚光、潘君诺、蔡震渊，均为画桃，惜于浩劫中失掉。

章太炎一度应唐文治之聘，为国学专修馆讲课，唐氏门生某，有"师生五绝"，涉及太炎，谓："章氏一口浙江余姚土话，加以牙齿失风，而国专的学生来自全国各省市，许多人就听不懂他的土话，不得不由诸祖耿、徐潭秋轮流在黑板上不断笔述专门名词。章氏香烟不离口，有时误将粉笔当作香烟，往嘴里塞，引得听众哄堂。"

上海杏花楼，以月饼著名，饼匣有画，很工细，先出于杭稚英手，后出于李慕白手。

老教育家王培荪，喜啖柚子，每岁柚子熟时，室中累累都是，原来门生故旧，知其所嗜而馈赠的。

于右任每餐必备锅块和炒蛋，食之不厌。

陈九思教授，有《踏莎行》词，咏啤酒云："羡他轰饮醉无休，慕尼黑度狂欢节。"注云："慕尼黑每岁以九月二十一日至二十七日，为啤酒节，家家痛饮，不醉无休。"用异域典故，别饶趣味。

常熟诗人杨无恙，喜啖日本人所制的鳗鱼饭，认为唯一美味。

俞曲园每日写日记，有云："余再来湖上，以食物见馈者甚多，然不可书，书之则为酒肉账簿矣。惟涌金门外三园豆腐干，及岳坟烧饼，则皆西湖美品也，不可不书。"

杭州湖滨旗下营，有一酒店，藏有三十年陈之百斤大坛二，一坛已售罄，仅一坛置诸门口，陈诒先嗜酒成癖，欲购买，主人拒之，说："留此以装点门面。"诒先商之再三，主人谓："出钱不卖，倘陈大先生能绘画一幅，当以酒酬，不纳分文。"那陈大先生，便是诒先的长兄曾寿，世称苍虬老人。结果以画易酒归，苍虬引为佳话，赋诗四律。

何藻翔居槟榔屿，喜啖杧果鱼，这鱼于六月杧果熟时上市，故名。

袁项城幕府步林屋，嗜烟和酒，日尽茄立克一罐，三星白兰地一瓶。

上海文史馆前馆长江翊云，好饮酒，有宴客不备酒的，他说："主人不识趣。"

词人家庖之精的，当推夏敬观、廖忏庵、林纫庵三家。夏敬观逝世，其子为新华银行负责人，庖丁归新华。廖氏夫人能为古巴式的西餐，别有风味。

上海明星影片公司，摄拍《盐湖》一剧，由胡蝶任主角。地点海宁澉河，该地有椒盐桃片，胡蝶啖而甘之，因此名不出乡里的小糕点，居然闻名遐迩。

成都刘开扬教授喜品茗，常在茶寮中撰文，虽喧闹不扰文思。

著《广陵潮》小说的李涵秋，他是扬州人，在菜肴中特嗜红烧狮子头。所谓狮子头，带些夸张性，实则是大的肉丸子而已。有一次，他的友人包柚斧，把涵秋的作品《雌蝶影》用柚斧的名，在报刊上发表，涵秋大为愤怒，声言和他绝交。柚斧备了礼物，负荆请罪；知涵秋特嗜红烧狮子头，嘱其妻精制一碗带去，涵秋竟释嫌复交。

南社诗翁高吹万，居金山张堰的闲闲山庄，特嗜冰结凝，以乡间地僻，没有供应，他每年暑天，总必来沪，大进冰结凝以快朵颐。电影明星殷明珠，她特嗜苏州的鲜芡实，我每次返苏，常托我买数斤来，亲自煮食。画家吴湖帆，特嗜西瓜，人们尚没有进尝，他以先吃为快。秋凉，西瓜落市，他还得设法，以瓜代饭。三水陆丹林，特嗜狗肉，市上所称戌腿，戌属狗，即狗腿之别称，他以戌腿佐餐，戏号张大帝第二。原来，俗有张大帝吃冻狗肉之说。书法篆刻家邓散木，特嗜落花生，花生绝迹，购花生酱，认为佐粥妙品。画家胡亚光，特嗜螃蟹，持蟹对菊，引为至乐。每次吃蟹，把蟹兜留存，悬诸室中，作为点缀。其他如于右任特嗜羌饼，不仅自啖，且以飨客。鲁迅特嗜风干荸荠，荸荠沪人称为地栗，一经风干，更为甘美。陈巢南特嗜南京玄武湖的樱桃。邓孟硕每天进莲子羹，及触忤袁世凯被系，狱中无从进食，大为叫苦。邮票大王周梅泉，特嗜咖啡，每日赴国际饭店喝一二杯，寒暑不间。丁福保特嗜香蕉，谓多吃香蕉，小溲解除臭气。潘兰史特嗜鲜藕，谓藕玲珑多孔，啖之可增智慧。又天台山农之鱼翅面、樊云门之马奶葡萄、袁寒云之挂绿荔枝、吴昌硕之酥糖、徐碧波之豫园五香豆、范烟桥之碧螺春茶，都是特嗜的。

藏书家叶景葵，中年病胃，常以面包代饭，人称之为"叶面包"。

前人饮酒，崇尚俭约，以肴钱不得超过酒钱为例。大都以茴香豆、豆腐干、花生果，为下酒物，所费无几。即使荤肴，那就供些海虾或海瓜子。海瓜子亦小介类，味鲜隽，今则市上少见了。

天虚我生陈蝶仙，以香烟多舶来品，金钱外溢，曾创制一种替代品，美其名为"不老丹"，又名"奴司马克"，那是英文 No Smoke 的译名，闻以各种香料配成，含之其味津津，足解烟瘾。

陈蝶仙有诗："毕竟女儿身手敏，胭脂和粉作灯圆。"所谓灯圆，即世俗元宵节所进的汤圆，寻常食品，一经文人点染，益见隽美。

鱼翅为席上珍品，那是鲨鱼之鳍，阔大似翅而得名。南社词人徐仲可，却食摈鱼翅，其《康居笔记》有云："鱼翅非隽味，嗜之者食肉之鄙夫也。"一日，读《王湘绮日记》："连日为鱼翅所重，虽未一尝而甚厌见，若连啖之，不知作何状也。"引为同调。

酸梅汤为解暑妙品，曩年，我任职上海共舞台剧院，近邻为郑福斋，以善制酸梅汤有名，我常饮之以为乐。按《水浒传》第二十三回有云："王婆出来道：'大官人吃梅汤。'西门庆道：'最好多加些酸。'"但这个酸梅汤，和目今的酸梅汤，不知是否有别。

冯君木为慈溪诗人，有《回风堂诗》，罕作小说，《民权素》杂志中，曾载有一篇名《一饭难》，为社会小说，我读之，迄今犹留印象。

《梦梁录》载有桔红糕，可知此食物，宋代已有之，迄今犹为泉州名产。制法甚简，无非以白糖揉入面粉中，加桔红为之，颗粒小如围棋子，分白色和淡红色二种。

常熟诗人杨无恙，刊有《无恙诗集》，木刻绝精。抗战前，东渡扶桑，所至有诗。平野屋主人信子精烹调，善制鱼羹及东坡肉。一日，无恙往访，信子方病，乃负病人厨，无恙大为感谢，报以诗云："海山石柱滞行程，琼脯珍鲜力疾烹。绝似西湖宋五嫂，红炉揎袖煮鱼羹。"信子装潢成轴，悬诸平野屋中。

袁项城残杀志士，帝制自为，

于右任大为忧愤，不得已，效法信陵君之醇酒妇人，日过楚馆，聆曲征歌，奈何徒唤。有时约诸酒狂，轰饮市楼，酒酣，纷书彩笺，召婴婴宛宛者来，于是舞扇歌衫，珠香玉笑，而于已半醉，乃持一凳，憩坐室门口，乃婴婴宛宛者离座而去，每经室门，于必阻之，谓非给我一吻，不得放行。诸女惮于氏多髭，相率遁逸，于捉持之，则一吻再吻以示惩罚，笑声乃大作。

陈石遗曾辑《近代诗钞》，商务印书馆为之刊行，凡诗什被罗列者，大有一登龙门、声价十倍之概。又撰《石遗室诗话》。晚年，卜居吴中燕脂桥畔，青浦沈瘦东访之，有句云："葑溪一句燕脂水，曾照侯笆载酒过。"家具良庖，有韦郇公之风，所制栗泥及玉燕团二种，尤为特色，客有饫之者，谓随园食单不能专美于前也。栗泥，捣栗为之，松甘芳美，无与伦比。玉燕团则以花猪肉为醢，及干，摊成薄衣，更屑肉搓成丸状，煮以鲜羹，入口而化。石遗胃纳甚健，量胜常人，当逝世之前，犹饮啖自若，夸其寿命之长，谓："阎罗怕我。"岂知不数日，阎罗竟大肆厥威而执之以去。

吴瞿安（梅）擅词曲，性和易近人，醉后往往失常态。某次，赴宴酩酊归，家人侍之睡息，恐其醉而燥渴思饮，榻旁为置保温之热水瓶，瓶以软木为塞，沸水实之，常吱吱作微声，瘫安闻声不能成梦，而以为有鬼在瓶中作祟，戟指而骂之，响不止，更高声痛詈，以为是鬼冥顽不灵，非重创之不可，卒擢瓶而猛掷于窗外。

宋教仁被刺之前，将北行应袁项城之招，陈英士为阻之，谓："袁氏善于羁縻，恐受其欺。"教仁不听，竟被阴谋所刺，时陈英士方与诸友宴于花雪南校书处，正酣饮间，忽有人来报教仁被刺于车站，英士闻之愕然，既而举杯向诸友曰："可干此一杯！"媚袁之徒传言："教仁之刺，乃英士为之，藉杯酒以庆功，此其明证也。"

"五四"运动，北京大学实起其端。北大同学会每岁于五月四日，必举行聚餐，而延蔡元培校长居首席，如是者有年，蔡乃戏语同席曰："我辈今日，真成吃五四饭矣。"

夏敬观诸人在沪上结一饭社，社友八人，敬观外，则有李拔可、卢冀野、黄孝纾、李释戡、黄秋岳、梁鸿志、李国杰，每周聚餐一次，八人轮值为东道主，以佳肴精馔竞胜。一自淞沪沦陷，社友如秋岳、鸿志、国杰、释堪，失节伪方，社事遂辍。或曰："饭社之饭字殊不祥，其半为反，无怪八人中反其半数。"

我结婚十余年无子嗣，画家赵子云为绘一梅，陈伽庵师为补一鹤，为《梅妻鹤子图》，胡石予师题诗其上，以为一索得男之兆。诗为五古："日月疾如驰，吴门一梦觉。回首二十载，少年集同学。郑氏逸梅子，其人最诚朴。女士周寿梅，夫妇双鸩碉。好述琴瑟友，宛窈钟鼓乐。一事稍迟迟，或未免愕错。天上后麒麟，尚未降香阁。乃绘梅鹤图，同心一谋度。佳兆此春头，红梅花灼灼。丹顶立仙禽，生儿定相若。它日庆悬弧，嘉名当曰鹤。樽酒汤饼宴，老友喜雀跃。"我悬诸卧室，朝夕相对，不意越岁内人果有娠孕，亦云巧矣。

饮食小掌故

袁清平提倡吃粥，有《啜粥谈》略谓："溽暑困人，脏腑疲劳，怕登饭颗之山，宜啜瓦缶之粥。每于晚风凉院，箕坐胡床，一盂盛来，佐以瓜豆，徐徐而啖，口腹爽快。"记得郑板桥亦喜进粥，其寄弟家书有云："暇日咽碎米饼，煮糊涂粥，双手捧碗，缩颈而啖之，霜晨雪早，得此周身俱暖。"

清宫德龄女士，喜啖胶州白

菜。《醉花馆饮食胜志》抄写本，共二册，不标作者姓名。内容有《关中食谱》、《苏州小食志》、《苏州茶食店》等。回忆范烟桥谈苏州食品，名其篇为《苏味道》，若并入刊行，成一专书，足资治馔者参考。

谭篆青以其谭家菜得汤尔和称赏，人有以"谭家菜割烹要汤"（此用《尚书》典）征对，无人应征。既而张伯驹与其夫人潘素合开画展，夏枝巢老人来观，欣然谓："对有偶句了，张丛碧绘事后素"（此用《论语》典），伯驹大为得意，因请张牧石刻朱白文各一印章。丛碧为伯驹别署。

苏渊雷，每餐必进酒，近赴兴化，参加郑板桥纪念馆开幕仪式，只一日，即言有病，拟赋归来，人询之，始知无酒供应，酒瘾大发不可耐，即备佳酿，渊雷顿时神旺气壮，挥毫作书。

金石家汪大铁，每赴宴，得尝了佳味，便问厨司烹煮法，归而述诸其妻，如法炮制，倘煮而不适口，则再赴肴馆，复进是肴，更向厨司请益。

姚鹓雏晚年失健，《游金山》诗有云："独上安车君莫笑，登山腰脚已疲癃。"人以"癃公"呼之。

鹣雏一度病痢，友人告以红茶加糖，投入金桔饼一二枚，饮之可止，试之果愈。

吃饭掌故

我国人士，以饭米为唯一果腹之品。然据丁仲祜医师言："饭米滋养不丰，远不及豆麦，如人能进杂粮者，则功效大而代价较廉。但人吃饭已成习惯，不易改变矣。"吴人往往午进饭而晚进粥，盖恐临睡之滞积不消也。予却恶粥而喜饭，虽病卧床褥，仍须游饭颗之山，否则宁不进食，为夷齐之续也。关于吃饭，亦有小小掌故，足资谈助。予某次代表某影业公司，宴报界诸彦于大西洋番菜馆，有所谓六小姐饭者，名殊新艳，乃点是饭以快朵颐。及侍者以饭进，则不过蛋炒饭之变相，较为松软耳。问侍者名之所自来，曰："六小姐者，北里中梅茵老六也。梅茵老六胃弱，不敢咽硬饭，每来此就餐，必为特制松软者进之，日久惯呼，遂有六小姐饭之称。"亦佳话也。又杨古韫主持之丽则吟社，社友辄以天字为别署，如陈蝶仙之天虚我生、戚饭牛之天问阁主、胡貘庐之天剩阁主，其他尚有天籁、天宥、天笑楼主、天砚书斋主，指不胜屈。有闲闲居士者，善诙谐，笑谓同社曰："此所谓靠天吃饭也。"

盘餐摭谈

今年西瓜丰产，人人得以品尝，为夏暑之唯一口福。西瓜有人以为汉代张骞通西域时带来，实则不然，张骞带来的是葡萄、苜蓿等等，不是西瓜。《五代史·四夷附录》载："西瓜为回纥种，五代时，胡峤居契丹，始食西瓜。契丹破回纥，得此种。"那么西瓜在中国，确具有悠久历史了。

我幼年读国文教科书，附着彩色采菱图，欢喜非常，简直奉为至宝。这篇课文，"青菱小，红菱老，不问红与青，只要菱儿好。好哥哥，去采菱，菱塘浅，坐小盆；哥哥采甫盆，弟弟妹妹共欢欣"。时隔数十年，还能背诵如流，可见印象是很深的了。浙江嘉兴，为云水之乡，鸳湖一泓，产菱特盛，称为南湖菱。原来鸳湖一名南湖。记得某岁之秋，我和画家谢闲鸥同赴嘉兴，访朱其石，其石雇船导游南湖，既而舍船登烟雨楼，啖新摘鲜菱，其嫩无比，为之凉沁肺腑。嘉兴距上海不远，火车输运，仅二三小时，但总不及就时就地啖剥之为佳胜。

某年秋日，周瘦鹃和摄影家张珍侯来苏，我和赵眠云伴之，同作荷花宕之游。荷花宕在葑门外，闹红一舸，停泊于田田翠叶之间，向花农购取莲蓬一大束，由瘦鹃夫人胡凤仪剥取莲实，即在舸中煮食，和以糖霜，鲜隽清芳，迄今犹在想念之中。

邹咏春，为清季探花，抱遗老思想，清室既亡，他誓不进饭，每日三餐，以粥充饥，聊寓"不食周粟"之意，抑何愚谬。

张大千自称其生平艺事，以烹调为第一，在家招待宾客，必亲下厨房，尤擅煮鱼。某日，江翊云访之，谈至傍晚，忽下小雨，大千留之夜饮，翊云翌日成诗，寄示大千，有云："难忘春雨潇潇下，出网江鱼手自烹。"

　　黄河流至龙门，山开岸阔，自高而下，奔放倾泻，声似轰雷。《三秦记》载着"江海鱼集龙门下，登者化龙"，世俗因有"鲤鱼跳龙门"之说，这些都没有科学依据，姑妄言之，姑妄听之而已。实则龙门的鲤，活跃力强，鳞灿然作金黄色，映以日光，更动眩人目。所谓龙者，乃故神其说。烹之鲜嫩异常，旧时只供少数贵族享受。《孟子》有："鱼与熊掌"之说，似乎鱼属于寻常之品，不得与熊掌并列，须知鱼专指龙门鲤而言，当然很贵重的了。

《食德新谱》是港友沈苇窗的作品。最近儿媳赴港，由港带回来的。我翻阅一下，为之爱不释手，不但装帧好，耐人欣赏，且文笔流畅，情趣盎然，尤为难得。

我啖苹果、生梨，往往懒于削皮，自我解嘲，谓："不妨留些原始性。"岂知《新谱》却有一条，和我深表同情。如云："吃生梨，去皮吃肉，是不合理的。生梨所含维他命C（维生素C），梨皮比梨肉还多，苹果亦然。吃时应洗干净后，连皮带肉一起吃，方才合理。"有数条具掌故性，如谈西太后，吃饭之前，例必先吃一碗小米粥，和糠食之。但对于这碗粥，冷热度十分注意，太烫了既不行，冷了更加不可，总之适口为宜，因此就得有一个太监专司其事。这个太监是谁呢？就是小德张。又刘海粟喜啖上海邵万生的醉蚶，在海外宴席上，经常提到醉蚶的美味。又涉及名伶与食品，高庆奎喜到馆子里吃整盘排翅，原只烤鸭。金少山的吃很豪奢，一定要摆满了一桌子好菜，他方才下箸。他还有个怪脾气，譬如他今天袋里边有二十块钱，跟大伙儿出去，一吃刚刚吃掉了二十元，他一定不肯把这个二十元付账，必吩咐掌柜，把账给他记上，而取出十元来充小账。所以他上馆子，伙计跑堂很欢迎他，金三爷叫得应天响。梅兰芳吃菜很随便，但他上海家里的老妈子能做菜，如狮子头、咖喱鸡、八宝鸭等，都做得很够味。程砚秋的酒量，在梨园中是有名的，既爱喝白兰地，也能喝绍兴酒。他饮酒最注意饮侣，座有恶客，便涓滴不饮。马连良信奉回教，自己能下厨房，如海蜇炒鸡丝、炸牛肉丸子，都很拿手。他有一小厨子，专做面食，牛羊肉丸子的饼，做得更出色。他的儿子马力，家学渊源，也会做一手好菜。言菊朋吃饭很简单，在上海演出时，每去四马路吉升栈附近的馆子小吃，四两白干，酱肉一碟，几个火烧（一种特别的烧饼），一碗酸辣汤，便解决一顿晚餐了。凡此种种，也属戏迷所乐闻吧！

—— 桃之夭夭　灼灼其华 ——

梨之为物，古人本有百果之宗之说。而冷侵肺腑，香惹衣襟，醉渴之余，朵颐大快。其树高二三丈，枝叶扶疏，花白似李，宜于北地，盖厥性喜燥也。市上所见者，以天津之雅儿梨、山东之莱阳梨为最多。雅儿梨细白，莱阳梨虽甘美而外表粗糙，若以皮相，未免有失也。

徐州西乡砀山，产梨亦甘美，即啖至中心，亦无酸味。我友烟

梨

桥今秋做泰岱之游，途过徐州，啖梨而美之，咏诗有"小驻彭城识俊物，砀山梨子不心酸"之句。

山壤栽梨，亦能蕃硕。皖省多丘峦之胜，故产梨声闻全国。名画家程瑶笙师，皖人也，其乡人携梨为赠，承师移贻一筐，梨大似柚，皮色黄，削而啖之，其味津津，甘留舌本，而肉厚核小，啖一枚能令人饱。予踵谢之，师曰是为回溪梨，产于休宁。梨初结实，果主即逐枚

以纸封裹之，恐纸之不经雨露也，乃鬃以柿漆，而虫蛀鸟啄，均可得免。梨之纯乎无斑疵者，果主护惜之力居多也。尚有一种曰金花盖顶，产于歙县南树村。是梨白洁可喜，近柄处则微黄，故名。最贵之种为蜜汁梨，产于休宁歙县交界处之榆村。是梨仅大如枇杷，初离树，坚硬不可食，必贮置瓮中，而密封不使泄气，若干时日后取出，则软烂似糜，几不能握，吮之则浆肉悉入于口，甘美无伦，所剩者只外皮耳。是梨治咳疾甚有灵效，远非沪上所售之梨膏可得而及云。

今人以事之爽美快适者，辄以并剪哀梨同喻之。并州地名，杜甫诗有"焉得并州快剪刀"，姑不具论，哀梨却有两说，一《世说》云："桓南郡每见人不快，辄嗔曰：'君得哀家梨，颇复蒸食否。'注：旧语秣陵有哀仲家梨甚美，大如升，入口消释。"一《东山草堂集》云，哀梨出河南尉氏县袁家，其大如橙，味香美，不可名状。哀字乃袁字之变，盖昔人虑上官诛求之累，故误其名以遁迹也。尉氏人又号曰藏梨，以其种甚稀，而觅之最艰也。二说未知孰是。

《长物志》云，梨有二种。花瓣圆而舒者，其果甘；缺而皱者，其果酸。这是辨果要诀。

妇女美容，用雪花精白玉霜等品多矣。按《齐民要术》，面患皱者，夜烧梨令熟，以糖汤洗面讫，以梨汁涂之，令不皱。法至简易，妇女盍一试之，其功效或在雪花精、白玉霜之上，未可知也。

陂塘鲜品，秋来首数及菱。菱端出叶，略成三角形，浮于水面。夏月开小白花，实有二角三角四角者，故谓之菱角。然《酉阳杂俎》曰：四角三角曰芰，两角曰菱，今人乃混称之耳。菱一名水栗，而《三柳轩杂识》，称菱为水客，色或青或红，最艳者为水红菱。旧时妇女，竞尚纤跌。窄窄于裙底者，辄以水红菱相况。及天足盛行，无复有斯语矣。

菱

两角而小者曰沙角，圆角者曰馄饨菱，四角而野生者曰刺菱，花开色紫，非人力所植。菱之种法，重阳后，收最老之乌菱，于仲春时撒入塘中，着泥即生。若有萍荇相杂，则务必捞去。而菱苗始茂，施肥用粗大毛竹管，打通其节，贮肥于内，注之水底，未有不盛者。

南湖之菱，闻著全国。某岁予有事赴梨花里，道经嘉兴，雇一轻舫，娇娃荡桨，殷勤指点湖中景迹，逗客欣赏。既而登烟而楼，侍者进菱盈盘，乃凭槛啖剥，清隽得无伦比。举目四望，一片空濛，令人做终老水云乡之想，而驹光迅速，距今已多年矣。

或告予撷菱获婿趣事，我苏南塘多种菱，秋七八月，妇女竞往采撷也。泊小船于荡口，用一小舫，妇女箕坐其上，擎牵菱索，纤手乱摘，拥满腰胯下。卸菱于舫，再以空舫去采。女伴相逢，歌声袅袅不绝，自成韵调。有村姑年方及笄，失恃家贫。父训蒙为猢狲王，命姑采菱荡口。不料菱角翘然，偶伤下体，肿痛不堪。延女医治之罔效，父甚忧之，商诸名医，云须一察伤痕，始得下剂。姑以为羞，坚不肯去，父唯焦虑愁闷而已。

里中某君，闻知此事，造翁曰："仆有妙方，特来奉赠。小甥陈生，年少能文，兼通内外医理，且尚未聘妻。仆为翁计，莫若先赘生于室，然后命之诊治，岂不因刀圭之介，而得乘龙快婿乎？"翁允之，三日成礼，而伤患亦全瘳。好事者为赋《催妆》诗曰："一曲清腔柳浪隈，温家不用玉为台。而今菱角休嫌刺，巧度鸳鸯引线来。""菱塘南去水云迷，鸂鶒鹚鹕翼并齐。黾勉同心无下体，个侬家住采菪溪。""河鼓沉沉漏点频，菱花含笑讵含颦。乘龙娇客颜如玉，不用灵丹也活人。"殊足解颐发噱也。

柿

柿烂然殷红，甘美可啖，予殊嗜之。叶如山茶而厚大，夏至时开微黄花，及秋结实，色绿，摘而藏之，数日后即红熟可喜，仿佛番茄。藏柿之法，最好与木瓜或槟榔杂置，可免味涩。产青州者更佳，我吴山中亦多是物。巨者曰铜盆柿，小者曰金钵盂，取其形似也。

古云，柿有七绝，一树多寿，二叶多荫，三无鸟巢，四少虫蠹，五霜叶可玩，六嘉宾可餐，七落叶肥厚。《尔雅》及《酉阳杂俎》俱载之。

昔郑虔任广文博士，学书而病无纸，知慈恩寺布柿叶数间屋，遂借僧房居止，日取红叶学书，岁久殆遍。艺苑佳话，足以千秋。

柿树接枣根凡三次，则结实无核，朵颐大快。

以柿之大者，去皮压扁，昼夜暴露，干则纳诸瓮中，待生白霜取出，味极甜美，曰柿饼，食之可以愈痔，与无花果同。

柿与蟹不可同进，进则毒致人病，故陈蕴朱柿诗，亦有"蟹螯微有忌"之句。

别有一种稗柿，叶上有毛，实青黑而奇涩。捣取其汁，俗称柿漆，涂于纸伞扇骨上，有御湿防腐之功。

柿熟后则落，且其味甘，故扶桑人谓徐待时机之来以成事者，曰熟柿主义。

戚饭牛《牧牛庵笔记》，载有四柿亭一则云："昆山县千墩乡，僻小市集也，顾亭林先生诞生于此。先生读书处，手植四柿树，三百年来，根株已毁。宣统辛亥，广东梁节庵太史鼎芬，事至千墩，出己资，重

建忠孝祠，补种四柿于亭，镌石碑，嵌于壁。"余于
乙丑秋专程拜谒祠堂，浏览瞻仰，感慨靡已。

　　王西神亦嗜柿甚，于其所作《湖上秋痕》诗中，
曾道及之。诗云："湖山美著水云乡，短艇瓜皮荡夕阳。
一片秋光描不尽，青菱红柿桂花黄。"注云：行装甫
卸，即买小舟，做泛湖之游。瓶花列几，鼻观香浓。
堆案陈列时果，湖中鲜菱，活翠嫩香，不啻鸡头软剥。
柿为杭之名产，有南山柿北山栗之称。余有肠病，凤
嗜此物，红酣绿润，相映增妍。洪北江秋日泛舟白云
溪诗序。所纪情景仿佛遇之，佳景获此褒语，益觉声
价十倍。

柿有凌霜侯之号，见《在田录》云："高皇微时，过剩柴村，霜柿正熟，上取食之后，道经此树，下马以赤袍加之，曰封尔为凌霜长者，或曰凌霜侯。"然则柿亦帝制遗孽欤！一笑。

《陶庵梦忆》云，萧山方柿，皮绿者不佳，皮红而肉糜烂者不佳，必树头坚脆如藕者，方称绝品，然间遇之，不多得。余向言西瓜生于六月，享尽天福，白梨生于秋，方柿绿柿生于冬，未免失候。丙戌余避兵西白山鹿苑寺，前后有夏方柿十数株。六月酷暑，柿大如瓠，生脆如咀冰嚼雪，目为之明。但无法制之，则涩勒不可入口，土人以桑叶煎汤，候冷，加盐少许，入瓮内，浸柿没其颈，隔二宿取食，鲜隽异常。余食萧山柿多涩，请赠以此法。

临潼县骊山温泉，每秋暮，人取未熟柿投其中，经宿食之，不涩。

栗

栗于果中，本为上选，陆琼称之为榉榛并列，菱芡同行者也。属落叶乔木，干高四五丈，叶如箭镞，初夏开花，花落收之，燃以火虽风雨不灭。实有壳斗甚大，刺如猬毛，霜降后熟，外有硬壳紫黑色。一苞内或单或双或三四，仁淡红色，可食。又有每苞一实而形小者，为栗之原种，其实曰芧栗，讹作茅栗，俗称橡果。

桂花栗产于西子湖头之满菊

陇，嚼之自有金栗芳馥之意。盖其地多桂，重露湿香，斜阳烘蕊使然也。梁溪乡间亦有是物，香味不逊满菊陇所产。常熟产栗亦殊佳。我友邓青城游虞山，于兴福寺啖栗而甘之，乃写山斋清供一笺以见贻，栗簇成球，笔意秀逸，予至今尚藏诸箧笥间。

曝栗于迎风处，可以久储不坏，若沙藏之则至明春三四月，尚如新摘者。与橄榄同食，能作梅花香。

种栗之法，于冬末春初时，子埋湿土中，栽向阳地，待生长若干尺，方可移种，春分时则取栎树或本树之茂硕者接之。性畏寒，初冬以草包之，二月方解。

栗有极硕大者。《后汉书·马韩传》：马韩出大

栗如梨，陆游对食戏咏："霜栗大如拳。"《诗义疏》：
"桂阳有栗丛生，大如柿子。"《邺中记》："邺中
产巨栗，脱其壳，可以为杯。"至于《神异经》云："东
方荒中有木名曰栗，其壳径三尺三寸，壳刺长丈余，
实径三尺。"则荒诞不近情理，未可为信也。

古人咏栗颇多名句，如庾信云："秋林栗更肥。"
方回云："擘黄新栗嫩。"杜甫云："山家蒸栗暖。"
肥也，嫩也，暖也，尽栗之长，非老饕不知。

北地良乡所产者曰良乡栗子。闻龙泉所出者，亦
不亚于良乡。宜饴糖和沙炒之，则松甜可口。近更有

利用机械，不假人力，搀入蜜糖炒之者，尤为名隽之品。

　　以栗充饥，名之曰河东饭。《清异录》云："晋主尝穷追汴师，粮运不继，蒸栗以食，军中遂呼河东饭。"

　　金凤，吴中过去之美人也。设一烟馆于玄妙观前大成坊，生张熟魏，一塌茶烟，生涯殊盛。坊口有一栗子摊，以烟馆故，亦利市三倍。至今虽金凤老去，烟馆早于禁例，然大成坊口栗子之名，仍不稍替，有戏仿唐诗云："金凤不知何处去，栗香依旧满秋风。"

　　同文中冯叔鸾嗜糖炒栗子甚，每日由家往办公处视事，必购糖炒栗子一包，以为车上消遣。又胡寄尘有一文，考糖炒栗子之由来。

甘蔗

甘蔗为多年生草本，闽广间多栽种之。大者高丈许，叶狭而锐，长二三尺，花生于茎顶，圆锥花序，有内壳外壳。茎如竹，有节，为普通之食品。唯蔗最困地力，今年种蔗，明年改种五谷以息之。一作诸柘。《容斋四笔》云："甘蔗只生于南方，北人嗜之而不可得。魏太武至彭城，遣人于武陵王处求酒及甘蔗。郭汾阳在汾上，代宗赐甘蔗二十余条。"《子虚赋》

所云："诸柘巴且。诸柘者甘蔗也，盖相如指言楚云梦之物。"

甘蔗有赤皮者，《本草》曰昆仑蔗。蔗有四色，曰杜蔗，曰西蔗，曰芳蔗，昆仑蔗亦其一也。

蔗须咀嚼，始得甘汁。欲免其劳，则以木制之榨床，榨之成浆，今则改用金属压器，螺旋使之上下，甚为便利。沪上沿街有唤卖者，尤以东新桥一带为多。按以蔗为蔗浆，自古有之。宋玉招魂所谓脯鳖炮羔有柘浆是也。其后为蔗饧，孙亮使黄门就中藏吏取交州献甘蔗饧是也。后又为石蜜，《南中八郡志》云："榨

甘蔗汁曝成饴，谓之石蜜。后又为蔗酒，唐赤土国用甘蔗作酒，杂以紫瓜根。至唐太宗遣使，至摩揭陀国，取熬糖法。"而白糖一称蔗霜，《熙朝乐事》："重九日以苏子微渍梅卤，杂和蔗霜梨橙玉榴小颗，名曰春兰秋菊。"

交趾爪哇，产蔗亦有名。交趾者围数寸，爪哇者高二三丈，植物于热地，往往蕃生茂发，不独甘蔗为然。

甘蔗有趣事，有隽解。《三国志·魏文帝纪》注："帝自叙曰：尝与奋威将军邓展饮。展晓五兵，又能空手入白刃，因求与余对。时酒酣耳热，方食芋蔗，便以为杖，下殿数交，三中其臂，左右大笑。群碎录吕惠卿曰：'凡草木之种皆正生，蔗独横生，盖庶出也，故从庶。'"

谚云：甘蔗老头甜。铁沙奚燕子老矣，以蔗移为署，画家胡亚光别号蔗翁，所以自祝其晚景之佳，殊有意味也。

荸荠

荸荠介于果蔬之间，啖之味清而隽，如读韦苏州之诗。沪人称为地栗，粤人称之为马蹄，古又有乌芋、凫茈之别名。凫茈见《尔雅》，其由来甚古矣。然古人绝少吟咏及之者，故类书中亦不载列，盖无甚故实也。

荸荠产于水田，初春留种，待芽生，埋泥缸内，二三月后，复移水田中。茎高三尺许，中空似管，嫩碧可爱，花穗聚于茎端。

所谓荸荠者，乃其地下之块茎也。吾苏葑门外湾村，出荸荠，色黑，华林出荸荠，色红，味皆甘嫩，名产也。

赣之南昌，产荸荠尤多甘汁。据云，不能坠地，堕地即糜烂不可收拾，其嫩可知。

面部患癣，可削荸荠而擦之，若干次便愈。又误吞旧时制钱，啖荸荠可使钱下，盖有润肠之功也。

夏日冷食，有所谓荸荠膏者，实则膏中并无荸荠之质汁，乃凉粉之类耳。

荸荠啖时，有削皮之烦，于是市中小贩有削就而串以待买者，曰扦光荸荠，白嫩如脂，爽隽无比。唯小贩往往浸之于冷水中，于卫生非所宜也。

荸荠不易烂，可筐悬于风檐间，以待其干，干后皮皱易剥，味更甘美，鲁迅喜啖之。亦有煮熟而啖之，亦饶佳味。

胡石予师尝谓荷花缸中，四周植以荸荠数枚，则碧玉苗条，与莲叶莲花相掩映，别具雅观。《瓜蔬疏》云："荸荠，方言曰地栗，种浅水，吴中最盛，运货京师，为珍品，红嫩而甘者为上。"亡友颉鸥曾云，荸荠亦名佛脐，以形似而称也。不知见于何书，曰荸脐者，言自佛脐中蓬蓬勃勃而生，即其碧玉苗之长管，比之青葱则细而长，盖叶之变形也。

荸色红而透，髹漆木器有色泽红透者，因称之为荸荠漆。吴俗吃年夜饭，饭颗中必置入荸荠一二枚，谓之掘藏，迷财而至于此，是真可笑也矣。

　　吴中有糖食铺，曰野荸荠，颇负盛名。相传其筑屋时，地下掘得野荸荠一，殊硕大可异，因即以"野荸荠"三字为铺号。所掘得之荸荠，供诸柜间，一时遐迩纷传，生涯大盛，亦吴中之掌故云。

西瓜

西瓜为回纥种，五代时胡峤居契丹，始食西瓜，云契丹破回纥，得此种。见《五代史四夷附录》。孟夏中旬浸其种子，一昼夜而后下之，半月发芽，宜复以棕榈毛。花色黄，谢后四十日，结实成熟，即可采而食矣。置瓜于沙地上，可以久储不坏。

徐家青，西瓜名，产于吾苏虎丘。又荐福山，亦产西瓜，味甘而松，尤为隽品。

学友袁无咎曾留学美利坚，谓彼邦亦有西瓜，瓤多深红色，食时和以盐，别有风味。

剜去西瓜之瓤，置鸭于其中而蒸煮之，曰西瓜鸭，腴美清香，夏日家馔中之无上妙品也。

西瓜去瓤存皮，以刀镂之，成种种花纹，中燃以烛，悬之照夜，绿色沉沉，名曰西瓜灯。儿时常玩之，惜年光不能倒流，此乐无从再得矣。

西瓜多仁，或红或黑，收而曝干之，可以炒食，称之为杜园瓜子。纳凉夜话，团聚一家，撮瓜子而细剥之，亦家庭间之乐事也。

曩年，西瓜每担约售一千数百文，有某甲欲购瓜，还以六百文之价。瓜贩曰，六百文只可买瓜皮。盖故意辱之也。某甲闻之，探囊出六百文，剜其瓜皮。瓜贩恐惧，始以软语赔罪，然瓜已被剜过半矣。此为吾苏事，一时传为笑谈。

瓜皮盐渍之，可以佐粥，且可治喉痛，其性凉，甚有功效。

西瓜以表皮有虫啮斑痕者甜，试之果然。

西瓜浆多，饮之堪清暑热，或漉汁而以文火煎之，

煎至七八分，搅糖细炼成膏，可以久藏不坏。隆冬沸水冲之，以之饷客，无不诧为异味。

陈以一，任墨西哥领事有年，为谈该邦国旗分红白绿三色。相传革命之役，革命军战败，退驻某地，各食西瓜解渴。军官演说激励，众兵举手表示赞成，不禁将西瓜擎起。适敌人追踪而至，遥望革命军方面，有物起落，一片血色，惊疑不敢进击，革命终获转败为胜，于是取西瓜红白绿三色为国旗。

吾苏莳溪农户某，见田畦间产一瓜，硕大无朋，权之重五十斤。农民素重迷信，尊之为瓜王，谓不可剖食，食之必干天怒，有雷霆之虞，供诸神庙，往观者户限为穿也。友人经大猷，谓此不足奇，曩曾赴鲁，济水之阳，有楚黄村焉。楚黄以产西瓜著，瓜作长圆形，略如此间之枕瓜，唯两端弯垂，中腰特细，若加束然。每枚重量，辄在百斤以上，且概不分剖零卖，必合数家购啖之，否则啖之不尽，暴殄可惜也。味绝甜，剖之，浆液溢流，清芬扑鼻。以中腰特细若加束故，往往左端之瓤，白侔于雪，右端则红艳于霞，瓜仁亦殊大，多黑色，第坚硬不可炒食耳。是瓜所产不多，熟时，常由农民二人共担一瓜，饷诸绅富家，以博厚值，谓之送瓜。

数年前，吴佩孚张夫人，运大宗西瓜，采用古时瓜战之典，犒赏战士。心汉阁主有《瓜战》诗一绝云："激励三军奋斗时，特标瓜战好名词。将军儒雅夫人妙，双管联吟瓜战诗。"

苹果

果品中啖之有益于人者，莫如苹果。苹果为落叶亚乔木，干高丈余，春日开浅红花，夏日实熟，形扁圆，初色青，熟则半红半白，或全红，殊艳美，西方文字中常以之比喻女郎之嫩颊，至切当也。别有一种色红而肉硬，可以久藏，不易蛀烂者，原产于美洲，俗称金山苹果，价值较贵，一年输入，厥额甚巨也。

苹果，一名频婆果。频婆，

梵言犹言端好也。见于前人笔记者,如《采兰杂志》云:"燕地频婆,夜置枕边,微有香气。"《学圃余疏》云:"北方频婆,即花红之变也,扶桑人则呼之为林檎。"

有棘皮动物,曰海苹果,以其形圆似苹果而得名,现已罕见。

取苹果以指爪遍抓之,则剥皮自易脱落。

吴俗多忌讳,凡探视病人,不宜贻赠苹果,盖苹果谐音病故,于兆不吉也。

吴中北寺塔,巍然入云表。其顶茁生一木,枝叶扶疏,以可望不可接故,人遂指为苹果树。谓乃仙人所留种,啖之可以长生。某年,大事修葺,始知顶上发荣者,不过一寻常栎树,禽类衔子,遗落而生,神话将不攻自破矣。

欧美人与其情人书,常有我眼中之苹果之称呼,所以示其昵爱也。

据医学家云,苹果中含营养成分甚富,味酸者可以治痢,味甘者有润肠之功。尤以德国人民视苹果为治病圣药,谓其能强心、开胃、止咳、停呕、去肠虫等,功效不可思议也。

苹果能洁齿，虽焦黑者，多嚼是果能治之。

凉州产苹果，有硕大如碗者。家家收切，曝干为脯，数十百斛，以为蓄积，谓之频婆粮。烟台有香蕉苹果，具苹果之形，而饶香蕉之味，洵异种也。

闻冯焕章逼宫时，溥仪夫人方啖一苹果，见戎装武士来即委之于地而走。于是此残余之苹果，遂为好事文人所传述，竞载报章云。

香蕉

香蕉为芭蕉之实，然非产于热地者不熟。叶甚大，花淡黄色，若我国之庭院间所植者，绿上窗纱，只堪点缀，不足以云果实。故我国古典籍中从无香蕉之纪述，即类书中亦付诸阙如，其输入我国年代之近，由此可知也。

香蕉鳞次而生，一簇往往数十百枚，垂垂叶腋间，以其香而味甘，又号甘蕉，初撷色青，熟则转为黄色，灿然如金，而有黑

细点者为最佳，称之曰芝麻香蕉，若全为黑色，则熟极而烂矣。性能降热，有润肠利便之功，汽水、果子露、冰结凝中，和入其液少许，味之殊可口。厥皮黏滑，践之易倾跌，重公德者，不轻弃于道路中也。形微弯，仿佛一旧式手枪。奸宄之徒，曾有以之恫吓人者，黑暗中不之察，认以为利器，则堕其术中矣。

粤人家有所谓香蕉饭者，择上好香蕉，剥去其皮，置石臼内，用杵捣烂，取糯米和猪油入大碗中，蒸熟，外加龙眼肉等，胜于肴馆中之八宝饭也。同社范烟桥，曾述香蕉与酒事，绝有趣。陈佩忍先生于某年至崖山，访故宋遗迹，残山剩水，一片苍茫。询诸土人，谓山上有国母祠，盖祀杨太后也。既登，欲得杯酒以祭，出双银毫予司事，命沽酒来。司事为粤人，误酒为蕉，越时负巨株至，累累满穗，皆香蕉也，乃笑而与司事分食之。后为孙中山先生所闻，每与佩忍共酒食，必以此相嘲云。

　　非洲中部，为炎热之地，植物畅茂，芭蕉尤为繁盛。所结香蕉，每枚长尺许，肥硕异常。日得一二枚，可含哺而熙，鼓腹而游，赫胥氏之民不啻矣。售卖香蕉者，多为妇女，盛以竹器，戴之于首。其最名贵者，则微剥其皮，嵌以他种糖果，啖之香甜适口，为敬客之需。又有以香蕉、菠萝蜜、椰子同煮，加入少许酸汁，为旅行沙漠解渴之妙品。

蕉树为用甚广，叶可以葺屋造纸，或制为桌布手巾，茎可编篱，心作海绵，须根则制为线，及草帽藤牌等物，无废材也。但取撷时，有一极危险事，盖树丛中多毒蛇猛虎，当攀援于树间，虎张吻奋爪跃跃作欲噬状，人不敢下，而巨蟒绕树蜿蜒来，信长尺许，有惊堕于地，而卒充山君之口腹者，岁不可以数计也。

香蕉忌与芋艿同食，食则致病。

银杏子，俗名白果，叶似鸭脚，又号鸭脚子。多生浙南，其树耸矗，可十余丈，肌理细密，具梁栋之材。花夜开即落，人罕见之。实大如枇杷，每枝约有百余颗，初青后黄，八九月熟后，击下储置之，待其皮自腐烂，方取其核洗净曝干。以圆形者为佳，尖者味苦。核有雌雄，雌者两棱，雄者三棱，须雌雄同种，方得结实。或将雌树凿一孔，以雄柯填入，泥封之亦结。

银杏

植物无情，亦具阴阳配合之道，斯亦奇也。

白果能入肴馔，炒食之，尤甘芳可口。街坊间因有烫手热白果出售，且售且作歌讴，清宵静尘，往往闻之，而嬛薄之流，更加以谑调，使人失笑。犹忆童年时，每文可购三枚，今则三枚须出一铜币之代价，物价之增昂，显然可知。于此益叹生活之不易也。

吴中半塘寺，有大银杏，大可十抱，相传为普竺道生所植。

沪人呼白果为灵眼，予初以为银杏谐声之误耳，及读《琐碎录》，始知不然。录云：北人称为白果，南人称为灵眼，宋初入贡，改为银杏。

胡桃

胡桃与枣，同为冬日至佳之食品。胡桃相传为汉张骞使西域时带回，故名。一称羌桃，又名万岁子。落叶乔木，树高数寻。叶似翠梧，三四月间开花，长穗下垂，淡黄中杂以微碧。秋间结实如青桃，熟后沤烂皮肉，取核而食其种子，更有核桃之号。种子多襞襀，仿佛猪脑，中有隔膜，煎汤饮之，可治耳聋等病。春斫其皮，沉汁承取之，妇女沐头，有乌发之功。又将核入火中烧半红，埋灰中，作火种，经多时而不烬。若下种则择其壳光纹浅之重核，埋诸土中，即能发芽，然不可以尖缝向上，向上往往不活。

市铺卖胡桃，有连壳者，有去壳者，去壳者值昂。盖每斤胡桃，去壳后只六两耳。

胡桃去壳，捣之于石臼中，和以糖霜，匀烂为止，啖之甘腴芳美，可口异常，若以沸水冲之，不啻琼浆玉液。又以胡桃仁杂入油中，加糖若干盐若干，为椒盐胡桃，亦为佳品。

胡桃与龙眼、红枣，俗称三果，用祀神祇。

胡桃之别种，曰石胡桃，产于北地。核殊坚固，仁不可啖，然供人摩挲，可代官僚之丸。以匀圆成对，而中多襞襀者为佳。初色白，摩挲二三十年，则红润光致，异常可爱。每对可值数十百金，市间不易得也。骨董贾人有鉴于此，往往取新摘之石胡桃，加以急就之做旧法。法于砺石上磨去其棱角，然后浸之红茶中，历若干日取出，亦殷然而赤，更于襞襀中滴以油汁，则痕迹全无矣。然摩娑而自旧者，越年久而色泽越红润；急就而做旧者，越年久而色泽越黝黑。故购置之者，宁购其新，毋购其旧，以旧多赝伪也。是物摩挲于手掌中，闻可免手疱风痹诸病。有非寻常之玩品，所得比侔云。

擅捏粉人之术者，往往取两半完整之胡桃壳，捏粉为裸虫之戏，姿态宛然，且于壳上凿成小孔，以细铜丝牵之，能活动自如，秽亵之品，官府示禁。

胡桃之见于史册者，如《晋书》云："钮滔毋答吴国书曰胡桃本生西羌，外刚林，内柔甘，质似古贤，欲以奉贡。"又司马光以汤脱胡桃皮故事，幼时于国文教科书中，即讽诵之，涉及胡桃，不觉回忆儿时读书之乐不置。

桃有东园珍果之号。汉宫留
核，卫国报琼。于兹夏中，果正
美熟，爰就见闻所及，以为具臣
朔癖者之谈助。

水蜜桃人尽皆知为隽品，故
词人冯君木尝云水蜜桃如金屋阿
娇，丰艳秾粹，绝世无双。在《石
头记》中人物，可拟之薛宝钗。
洵为雅切之誉。沪上黄泥墙水蜜
桃，尤著声誉，奈世变沧桑，人
事代谢，若干年后，黄泥墙已无

桃

复遗迹之可寻，而再察其木，更早付诸斧斤之厄运。据老于沪上掌故者谭，黄泥墙即今之蓬莱路蓬莱市场故址，未知其究属如何？龙华之蟠桃，本亦有名，奈因地价日贵，种桃获利薄，乃相率别营他业。致以桃名之沪地，不得佳桃，而反仰给于他处之玉露滋春，是可憾也。

范烟桥谓吴江梅里产水蜜桃，其肥甘鲜美，为东南冠。皮有朱红细圈，似经第品者最佳，惜多虫蛀。前年里人叶仲甫以十金予农家，于其未熟时，以灯笼笼之，至时摘取得十枚，俱完好无损。以之馈武进盛杏荪，大激赏，叹为得未曾有。密县有一种冬桃，八九月间花开，至冬而熟，味如淇上银桃而逾美。见《曲洧旧闻》。又云果中易生者莫如桃，而结实迟者莫如桔。谚云头有二毛好种桃，立不逾膝好种桔。盖言桃可待桔不可待也。

桂林有金丝桃，实熟青绀，如夷种之牛乳葡萄然，味甘可口，惜不易得尝。

余杭六和塔下，有隙地一十亩，一度为盛世丰烟店产，地栽异桃，花放甚晚，往往夏初始蓓蕾。盛开时，

厥朵绝巨，色猩红，与榴火齐明。结实硕大如盏，爪
破其皮，浆液流溢，啖一实可使人饱。乡人以烟店故，
称之为盛世丰桃。某巨宦锡以佳号为一品，于是一品
桃之名，遂噪传于人口。然烟店以所产不多，概不鬻市，
方朔不能偷，刘阮不能啖，非知好戚属，无缥肌细肉
荐盘珍之口福也。老友方馥卿谓曩客杭时，曾辗转索
得一枚，啖而甘之。今岁有事赴杭，便访其地，则已
改建屋舍，不见桃叶桃根，殊为之怅惘也。

北平之董四桃，其大如碗，相传乃产于宦者董四
之墓，仅数十株，遂以少而见贵。

山东之肥城，产桃绝隽美。以指爪掐破其皮，可

尽吮其汁，只剩核皮一堆。长腿将军张宗昌在鲁时，其年桃大熟，长腿特饬专司献贻关外张胡。每五桃为一组，系以彩络，装诸筠篮。张胡啖之，赞美不绝口，而长腿之某姨太太固嗜桃成癖者，长腿尽罗致之，民间遂无复得尝肥城之桃，仙果琼浆，馋涎徒流三尺耳。

谚有十桃九蛀之说。一自园艺家加以研究，蛀者遂少。最简便之免蛀法，桃结实时，以桑皮纸密裹之，则蛀虫无复得入。桃接于桔，其实甘，接于柚，其实巨，接于柿，其实灿然而金，接于梨，其实酥软，宜于老人。

桃多名色，有胭脂桃，实如艳美人靥上红脂也。有鹰嘴桃，实尖如鹰隼之利啄也。肉不粘核者曰银桃。核特大者，曰巨核桃。油然而光致者，曰油桃。骄偶成对者，曰鸳鸯桃。硕大可充盘供者，曰寿星桃。又古有所谓饼子桃者，实状如香饼，疑即蟠桃。

桃有巨硕异常者，如《郑常洽闻记》："吐谷浑有桃大如一石瓮。"又《元中记》："木子之大者，有积石山之桃实焉，大如十斛笼。"又张邦基《墨庄漫录》："有人以桃核半枚来献，中容米三四斗，殊足惊人。"

薛文华，为名画家倪墨耕之妻，以体态丰腴故，号薛大块头，文华名反不彰。亦擅丹青，性嗜桃，乃刻一印曰雪藕冰桃馆。暑日为人绘扇，辄喜钤用之。薛啖桃能一气连啖二十枚，量亦豪矣。

曩闻人谈，萍乡某村，有桃奴祠，小有香火之缘。相传康熙中叶，有姓陶名桃者，圃翁也。自号桃奴，种桃三百余株，学宋林处士法，以卖桃所获，每一树分储一罐，为一岁用度之支配，大抵酒家恒得其半焉。不娶无子，人问之，即指桃园之树答曰："花我妻，实我子，又何妻子为？且人之有妻子者，竭一生心力之劳，亦不过取以供给妻子而已，是妻子之奴也。我今一岁劳心力于是园三百余树，则亦犹夫人之为奴于妻子而已，故自号桃奴也。虽然，室人交谪之声，吾知免矣，灼灼之花，累累之实，娱我实多，然则我奴胜人奴也。"闻者以为达。既死，里人即以其地建草庵，曰桃奴祠，有没而祭于社之意焉。

樱桃

春尽江南，樱桃红绽。盖其得正阳之气，故实先诸果而熟也。本不甚高而喜阴，花开一白似雪。清和时节，与青梅同为盘中隽物，此古帝王所以有四月一日赐百官樱桃之例也。

樱桃一名荆桃，又称含桃。小者曰樱珠，白者曰白露珠，大而殷者曰吴樱桃，有正黄色者谓之蜡樱。东坡句："已输崖蜜十分甜。"崖蜜亦樱桃之佳号，实熟枝头，易被禽鸟啄食，必须周密防护之。

吴俗，立夏日，必列樱桃青梅与麦，共享祖先，名曰立夏见三新。

樱桃可浸酒，若捣烂以涂手足，可免冬日皲瘃。然一经治愈，明岁不可再唼，再唼则皲瘃便有复发之虞。

段成式所载食品，有樱桃馅蝎饼、樱桃饆饠，今已无从知其制法矣。

相传安禄山好为韵语，尝作樱桃诗曰："樱桃一篮子，半青一半黄。一半寄怀王，一半寄周贽。"或请以四句作第三句易之则协韵矣。禄山怒曰："岂可使周贽居上压吾儿耶！"

樱桃有褒贬之辞。如张籍云："仙果人间都未有，今朝忽见下天门。"白居易云："琼液酸甜足，金丸大小匀。"程从龙云："摵火齐于银盘，唼红香之琼液。"此褒辞也。而陈从易寄荔枝与盛参政诗云："樱桃真小子，龙眼是凡姿，橄榄为下辈，枇杷客作儿。"或问其说曰："樱桃味酸小子也；龙眼无文采，凡姿也；橄榄初涩后甘，下辈也；枇杷核大肉少，客作儿也。"贬抑如此，欲为樱桃叫屈。

女子之口，古人往往以樱桃喻之。如白居易云："樱桃樊素口。"张宽诗："露湿樱唇金缕长。"韩偓诗："著词但见樱桃破。"而予《凝香词》亦有云："茉莉含芳插鬓鸦，个侬真似玉无瑕。灯前笑掩樱桃口，浅绿罗巾衬脸霞。"

况夔笙词人，嗜樱桃成癖，晚年赁居海上，榜曰餐樱庑，著有《餐樱庑漫笔》若干卷。

叶小鸾铭眉子砚句，有"开奁一砚樱桃雨"，七字绝艳，自当笼以碧纱。

樱桃宴，见于《唐摭言》云："新进士尤重樱桃宴。乾符四年（877年），刘邺第二子覃及第，独置是宴，大会公卿，时京国樱桃初出，虽贵达未过口，而覃山积铺席，复和以糖酪。"樱可与笋伍，《秦中岁时记》云："长安四月十五日自堂厨至百司厨，通谓之樱笋厨。"又《山堂肆考》云："秦中谓三月为樱笋时。郑樱桃为后赵冗从仆射郑世达家伎，石虎数叹其貌于太妃，太妃给之。虎即天王位，立为天王皇后，生太子邃。及邃伏诛，废樱桃为东阳太妃。樱桃美丽善歌，擅宠宫掖，性妒，谗杀虎妻郭氏崔氏。虎死，石氏大乱，虎子遵立，尊为皇太后，寻为冉闵所杀。"又按诸《晋书》载记："石季龙，勒之从子也。性残忍，勒为聘将军郭荣之妹为妻。季龙宠惑优童郑樱桃，而杀郭氏。更纳清和崔氏，樱桃又谮杀之。"樱桃美丽，擅宠宫掖，乐府由是有郑樱桃歌，扑朔迷离，雌雄莫辨，亦我国宫闱之疑案也。

南京玄武湖畔，产樱桃綦富，每岁首夏，筠篮唤卖，游人大快朵颐。唯樱桃性热，不宜多啖耳。

昔蒋漫堂与客燕坐，见庭中樱桃唯一实，共以为笑。忽有客来几访，自言能诗，因命赋之："烧丹道士药炉空，枉费先生九转功。一粒丹砂寻不见，晓来纸上弄春风。"众咸喜之。

德意志有樱桃解围一事。相传于三百年前，五月间，有敌围德之汉堡城，久未下，乃誓曰："一旦克之，必尽歼焉。"德人闻之恐，相戒以守，时适气候郁蒸，而粮又不继，势将束手待毙。有阮夫者，善橐驼术，尝植樱桃于城中，初德不甚产樱桃，植之每病萎。一日阮自军中归，见所植者，已早实累累，露润霞赤矣，心窃讶之，继念所以解围之法。计定，乃集童子三百人，白衣白冠，各执樱桃一枝，迤逦出城，敌疑之不敢遽击。行渐近，童子各显以樱桃，敌恻然心动。遂解围而归。至今汉堡童子，于是日犹御白衣冠，执樱桃，结队游行，市廛皆休业，名谓樱桃节，此我友华吟水见告者。

杨梅

杨梅继枇杷而成熟，荐诸冰盘，消暑大快。又号君家果，盖昔杨修至孔君平处，君平设果，指示杨梅曰："此君家果也。"叶细，树高丈许，春开黄白花，结实有白红紫三色。白杨梅，扬人别有圣僧之号。或云，杨梅接桑，则结实不酸。

我苏洞庭西山产杨梅，有"东山枇杷西山杨梅"之谚语，在舟山上，舟山者，色红而刺尖，洞庭山者，色紫而刺圆，唯易烂不能多置时日，故市间充斥者，咸舟山物，洞庭山者，不能与之争长竞短也。

一昨闻诸同事某君言，洞庭山杨梅熟时，垂垂枝头，红紫可爱，最易被禽鸟啄食，又患人窃取，故果主必雇人看守，昼夜不息也。又有害虫一种，称之为杨梅老虎。其虫遍体生毛，茸然做红黑色，体能伸缩，缩时只一二寸长，伸之有咫尺者，厥状殊可怖。山氓迷信神权，不敢杀，有则香烛供奉，令其自去，谓杀之来岁杨梅恐有不实之虞，攸关生计也。光福杨梅亦有名，间有白杨梅，更为珍品。横山诸坞，亦产杨梅，其佳者不在光福下。

铜坑附近之安山，东麓居民多种杨梅，有钱武肃王庙，子孙世守其祀。每年杨梅初熟，必先供奉于王，然后始出售卖。盖山氓迷信，以为不如此者，王赫斯怒，而杨梅明年不再成熟，殊可笑也。

曩左宗棠莅吴，有以洞庭山杨梅为献者，左啖之而甘，不觉罄尽一筐。翌日病作，左之差役，以为是献之者之罪也，执而笞之。既而左病霍然，知其事，深以差役处事不当。谓献者一片诚意，乌能反被辱责，

且因甘美而多进，其过在我，况病之是否为多啖杨梅而作，未可断定乎。乃反笞责其差役，一时传为笑柄。

余杭灵峰以梅著。然《武林梵志》有周紫芝《晚至灵峰寺》诗云："绣树千枚与万枚，云峰寺里看杨梅。青山行尽皆归去，红子熟时应再来。"则云峰杨梅，昔亦称盛也。

梅香酌者，杨梅酿酒也。见《林邑记》："邑有杨梅，大如杯碗，青时极酸，既红，味如崖蜜，以酿酒号梅香酒，非贵人重客，不得饮之。"

人喜夸其乡味，常情也。相传有闽人与吴人晤谈，闽人夸荔枝，吴人夸杨梅。或以诗调解之曰："闽乡玉女含冰雪，吴郡星郎驾火云。"闽人吴人遂相视而笑，亦趣事已。

金婆杨梅，为杭州隽品。昔有老妪金姓，居南山杨梅坞，杨梅甚盛，甘美殊常，俗呼金婆杨梅。

杨梅仁可治脚气。《挥麈录》云："王丰父守会稽，时童贯方用事，贯苦脚气，或云杨梅仁可治疗是疾。丰父乃裹五十石以献之，后擢为待制官。"

有啖杨梅吞咽其核者，谓平日食豚儿肉，肉上有毛，深积肠胃，杨梅核有伐洗之功。此则传说之辞，不足为信。

余曾于友人许仲和家啖杨梅饼，绝腴美可口。询其制法，据云以面包屑若干，泡于牛乳内，俟其软时，再加以糖盐各半杯，鸡卵三枚，柠檬皮一撮，乳油一勺，搅匀后倾于浅锅内，以文火烘之，微焦黄而止，然后以杨梅浆灌其上，饼即成矣。法尚简单，稍缓当试为之。

扶桑人之料理店中，有杨梅冰结凝一种。其形式颗颗赤圆，宛然如真，且入口而化，凉沁心腑，洵消暑之妙品也。

啖杨梅，诵古人杨梅佳句，亦一乐事也。岳珂云："风露盈篮重，冰霜透齿寒。"陈景沂云："止渴还相似，和羹谅亦同。"徐阶云："三春叶底青丸小，五月枝头赤弹圆。"方岳云："雪融火齐骊珠冷，粟起丹砂鹤顶殷。"李东阳云："名从传鼎遥分派，价比隋珠亦称情。"

梅

　　仲夏之月，倏雨倏晴，俗称之为黄梅天，盖其时梅实适由青而黄熟也。我苏邓尉香雪海为产梅之区，每岁山农以梅实鬻诸江浙之糖果铺为蜜饯食品者，厥数甚巨。顾梅之利益，较逊于桑，故年来桑占梅田，梅实之产额，已不及曩昔之盛。超山以宋梅著，宋梅在报恩寺前，围以石栏，着花繁茂，栏外更霞蔚云蒸，万本绛艳。及绿叶成荫子满枝，则摘取装籢，输送各处，为陈皮梅之原料。有巨大似桃实者，尤为佳物，然殊不易得耳。去春山寺被盗，宋梅遭斧斤之伐，未知已萎折否，甚可念也。

梅实已黄熟者，酸味较减，故小贩以黄熟梅蘸涂糖霜，称为白糖梅子，每颗约卖铜币一二枚，充斥于市衢间。然亦有喜啖青梅者，如诗人范石湖便是。其《梅谱》云不宜熟，唯堪青啖。梅酱为家厨隽品。购巨大之黄熟梅数百颗，剔选一过，加以洗涤，然后剥去其蒂，和水煮之。水沸，则倾滤其酸汁。梅实一斤，

加赤砂糖亦如之，梅实多，糖亦递加，煎以文火，煎至质烂成浆始已。盛诸于盏，即梅酱是也。涂面包啖之，味绝可口。

石予师画梅，邻儿来观，索一幅去，并问梅何时结实。师漫应之明日可实矣。翌晨邻儿又来，问梅何以不实。师以言不可欺，乃于梅幅上累累加绘若干梅实以与之。画梅有实，洵创格也。

粤人有青梅酒，甘如蜜林檎，粤菜馆常备之。

西人情牍，其称谓有绝可玩味者，曰我爱好之小梅，盖以率真为尚，迥非我侪所书我妹妆次所可比侔也。

"佳人摘得心尝怯，一点春
愁锁画眉。"此张弘范之青杏诗也。
盖杏实青时殊酸，及既红熟，始
甘美可口。蜜饯者，曰杏脯，为
消闲食品。吾吴采芝斋所制尤佳。
沤尹词人朱古微甚喜啖之，有《大
脯词》四阕咏是物，为一时所传诵，
未知其所刊词集中收入与否？

杏实之仁，作糜酪饮，汉时
已具其法。《汉书》云："教民
煮木为酪。"注曰："作杏酪之

杏

属也。"《玉烛宝典》云："今人寒食日煮麦粥，研杏仁为酪，以饧沃之。"又杏仁以巴旦杏为最佳。《畿辅通志》引《长安客话》云："杏仁皆味苦，有一种甘者，名巴旦杏，或谓之八达杏。"按八达杏本产于西域。今甜杏北方随处皆有。商贩以来自口外者良，视之甚重，犹蘑菇之重口蘑也。俗又加口作叭哒杏。日本谓之扁桃，其仁亦有甜苦二种。甜者供食，苦者入药，并制油及苦扁桃水以治病。吾国入药者，多用寻常杏仁，故遂以此为甜杏之专称耳。

西餐馆有杏仁豆腐一色，以杏仁同煮于豆腐中，和以糖汁，藏诸冰箱。啖之甘芳可口，为消夏之佳品。

今秋葡萄大熟，且价值廉，予乃日啖之。如此口福，固不让岭南坡老之三百颗荔枝也。按葡萄一作蒲萄，蔓生之木本植物，有卷须，本出西域，汉使取其实于苑中种之，始传入我国。葡萄色紫形大，而长者曰马乳葡萄，为唐太宗破高昌所得。刘禹锡诗："马乳带轻霜。"韩愈诗："若欲满盘堆马乳。"王十朋诗："水晶马乳荐新秋。"虞集诗："秋

葡
萄

深雨足马乳重。"吴澄诗："见此西凉甘露乳者是也。"
又《果谱》："西番之葡萄，名兔睛，味胜糖蜜。又
琐琐葡萄出西番，如小胡椒，云小儿常食，可免生痘。
又金楼子葡萄，春夏之时，万花齐发如鸾翼。"又《群
芳谱》："水晶葡萄，晕色带白，如著粉，味甚甘，
西番者更佳。又烟台所产之葡萄，有玫瑰香，因号玫
瑰葡萄。"

　　葡萄以汁多而甘者为贵。据园艺家云，择一绍兴
酒坛之有些微损裂者，中实杂草，水以盈之，然后埋
于葡萄下，俾腐草水分，渐渐渗透土中，则结实自然

莹润。若取糖蒲包铺于地面，灌溉之余，糖汁为根茎吸收，则结实甘芳胜常，朵颐大快。

《酉阳杂俎》："贝丘之南有葡萄谷，沙门昙霄游至此，见枯蔓堪为杖，持还本寺，植之遂活，高数仞，荫地幅员十丈，仰观若帷，时人号为草龙珠帐，事既奇异，名色又绝雅韵，殊可喜也。"

取紫葡萄剥去其皮，和以糖浆，可煮为葡萄羹。前清光绪某年秋，日本诗人冈鹿门至京师，访徐花农、蔡辅臣二公。辅臣招之饮，肴核中有葡萄羹。冈鹿门问及葡萄故实，花农乃仿古人食瓜征事之意，即席成二十八韵，并注所引书，有别于臆撰以示之。葡萄征事诗，与西堂得桂诗、鸾纶纪宠诗、云麾碑阴先翰诗，合刊成一集，予偶检箧笥得之，篇长不克捃录也。

葡萄为北方名产。客指燕地葡萄，问汪钝翁吴中何以敌此，汪答曰：桔柚秋黄，杨梅夏紫，言之已使津液横流，何况身亲剖摘。见《今世说》。

葡萄酿酒，世人所珍。烈士周实丹嗜葡萄酒成癖，几乎每日非此不欢。实丹既成仁，葬塔儿里，周人菊哭以诗，有"斗酒葡萄香，塔儿月影高"句，遂为葡

萄添一佳话。

岳季方善画葡萄，尝作葡萄说云："其干臒者，廉也；节坚者刚也；枝弱者谦也；叶多而荫，仁也；蔓而不附，和也；实可啖，才也；味甘平无毒，入药力胜者，用也；屈伸以时，道也。"其德之备如此。见《坚瓠集》。

枇杷之为物，吴船入贡，汉苑初栽，御气之浓，得未曾有。且诗家方诸黄金丸弹，尤为绝妙比喻。一名卢桔，苏长公有"卢桔微黄尚带酸"之句。更称炎果，谢瞻安所谓承炎果乎纤露者是也。

鄂之宜都，产枇杷硕大无朋，多汁如蜜，剥一枚盛之可盈碗。俗凡嫁女必以上好枇杷，馈贻婿家，谓之送夏，且寓多子之意。而红闺间妾擘郎尝，引为乐事，

枇杷

亦伉俪之殊福，异地之佳话也。

浙之塘栖，亦以枇杷著。饭牛翁曾莅其地，时适为仲夏，满筐满箩，负担唤卖枇杷者，声闻数里。翁以为生平仅见之景迹，口占七绝咏之云："晚风吹出野人家，十亩桑田一路遮。四月江村好烟景，楝花风里卖枇杷。"并谓枇杷甘美，不让于东西洞庭。

予友严兰轩，洞庭东山人，一昨为谈山上枇杷事。谓枇杷植于山麓，高二丈许。叶椭圆形，经霜不凋。开小花，色白五瓣，似款冬花。春间花落结实，果农择其蕃密者摘去之，俾一簇只留四五枚，否则蕃而不硕，密而不畅，徒为废物，不能快朵颐也。有百余年之老树，壅培得宜，结实仍累累者，盖所患唯毛虫。毛虫蚀树，往往萎折，故果农之防毛虫，胜于国家之防匪寇。冰雹亦为枇杷之劲敌，冰雹降，枇杷纷纷摧落，损失綦重。枇杷去皮，肉有红白之分，红者曰红沙，一名大红袍，产于湾里，白者曰白沙，产于槎湾。湾里与槎湾，皆东山之小村落也。枇杷宜取其长形者，圆形者核多浆少，长形者核小浆多，无核者最为上品，然不易得。枇杷熟，鸟来啄食，又易被人盗窃，故其时果主往往雇用工役看守之，夜则芦棚被席，卧树畔不离。既经采撷，装入花篓中，然后运诸来沪。但按篓纳税，所费不赀，年来乃改装筒篮，一筒篮可容二十篓，税较便宜也。售枇杷辄以二十两秤计之，大约每担鬻二十金左右。由船载至埠头，须由果行夫役来挑，不能有所僭越，盖夫役可向果主索取厚酬，以为例规。果行以筒篮不便售卖，再行分装花篓，兜售主顾。以白沙者为贵，红沙者值稍差。

相传秀水竹垞居士，与某羽士相友善。观中有枇杷二株，熟时每见馈，均无核者。竹垞询其故，羽士以仙种对，竹垞终不信。知羽士嗜蒸豚，一日邀之来，命佣市一，故令羽士见。不逾晷，即出以佐餐，透熟腴美，羽士为之饱啖。因问竹垞速化之法，竹垞曰："偶有小术，欲以易枇杷种耳。"羽士低语曰："无他，于始花时，镊去其中心一须耳。"竹垞曰："然则吾之馔亦无他，昨所予烹者耳。"相与抚掌。按枇杷无核者，名焦子，出广州，见《广志》。

曩李秀山幕府中，有秘书某，眷一眉史曰红枇杷。眉史善弹琵琶，嗜啖枇杷，因以噪其名也。某制有《琵琶泣影词》，为红枇杷写身世，极哀感顽艳之致，一时传诵焉。

枇杷叶大如驴耳，粤人称之为无忧扇，煎饮之可治咳病。但背有黄毛茸茸然，宜刷去之，否则不但无益，且加害也，故病家常购现成之枇杷叶露代之。

"满天风露枇杷熟，归奉慈亲取次尝。"此陈基之句也，读之不觉油然而起孝思。其他尚有白居易诗："淮山侧畔楚江阴，五月枇杷正满林。"又陆游诗："枝头不怕风摇落，树上唯忧鸟啄残。"皆足为枇杷生色。

枇杷，核种即出，待长移栽，春三月以它木本接之，壅之以灰，枝叶婆娑，凌霜不凋，故有枇杷晚翠之称。

枇杷冻，为一种清隽之食品。法以去皮核之枇杷，切成薄片，加适量之水，文火煮之，以软烂为度，沥取其汁，和入糖霜，置于蜜饯罐中，先煮数分钟，调之使融，再加热至沸，倾诸琉璃之盏，密封而投置冷水，约半小时，即明莹成冻矣。

荔枝

夏日珍果，厥惟荔枝。壳如红绉，膜如紫绡，肉如白肪，甘如醴酪。一骑红尘，无怪妃子盈盈而笑也。

闽粤名产，有所谓冰蚕茧者荔枝佳种也，皮纯赤，擘之其肉莹然，如水晶丸，甘液流溢，的是隽物。惜以随摘随啖以宜，舶运来沪，则色香味俱变，反不及寻常之品矣。

荔枝凡数种，产于琼山徐闻

者，有曰进奉子，核小而肉厚，味甚嘉。土人摘食必以淡盐汤浸一宿，则脂不粘手。野生及它种，味带酸，且核大而肉薄，稍不及也。见《海槎余录》。

荔枝湾在番禺城西，珠江之湾也。荔枝夹岸，即南汉昌华旧苑。时人陈鹤侬曾有句云："寥落故宫三十六，夕阳明灭荔枝红。"其全篇已不忆。又昔人艳句："青青杨柳被郎攀，一叶兰舟日往还。知道荔枝郎爱食，妾家移住荔枝湾。"

三山荔子丹时，最可观。四月味成，曰火山，实小而酸，五月味成曰中冠，最后者曰常熟中冠，品佳者不减莆中。瓮以肥壤，包以黄泥，封护惟谨。见《游宦纪闻》。

宋徽宗于禁苑艺荔枝，结实以赐燕帅王安中，御制诗云："葆和殿下荔枝丹，文武衣冠被白蛮。思与近臣同此味，红尘飞控过燕山。"盖用樊川"一骑红尘妃子笑，无人知是荔枝来"句意，竟成语谶。

粤中炎日，常有荔荷鸭一馔。其法将鸭宰洗调味后，剥荔枝若干枚，并去其核，置于鸭下，上盖鲜嫩荷叶，文火清炖之。味隽永莫与伦比，老饕家不妨一试。

蔡襄与客书云，荔枝于果品，卓然第一。又王逸《荔枝赋》，亦有超众果而独贵之说，推崇如此，荔枝亦当之无愧者也。

荔枝壳有绛绡丹圞之喻，若取以贮藏之，隆冬天寒，煮以代砚水，可免冻凝滞笔之虞。又荔枝核磨成粉末，和以醋汁，可治癣患，亦废物利用也。

吴缶庐善画荔枝。词人况蕙风戏属击庐画折枝荔枝，名之为《惟利时图》。缶庐题之云：夔笙属作是图，以玩世之滑稽，寓伤心之怀抱，可为知者道耳。为设色画荔枝，以取荔利谐声之意。是图为缶庐得意之作，蕙风既下世，未知尚存其后嗣处否也。

清道人啖蟹，有李百蟹号，传为佳话。不知清道人更有荔枝癖，以性热故，便血不止，不顾也。

前清周聘伊，号莘野，善画墨竹，或以金币求之，必大诟。性嗜荔枝，每暑月，人令贩子担过之，辄饱啖殆尽，索价无以偿，贩子出素缣求画，便欣然挥洒，狡猾手段，可恨亦殊可喜。

栽种荔枝，其繁殖之法有三：曰实生法，曰接生法，曰驳枝法。约五六年，便可收获，十余年结实渐多，二十年后，每株累累多至百有余斤，须早晨带露摘之，盖早晨枝茎脆而易折，实亦鲜明甘芬也。

客有熟知荔枝种别者，述若干名色，极隽永有味。荔枝有取其香相似者，曰百步兰，曰麝香匣。有取其形相似者，曰牛心，曰蚶壳，曰朱柿，曰虎刺，曰松柏垒。有取其时相当者，曰中半熟，以其绛红可爱也。

以红品之，曰方红、郎官红、一品红、玳瑁红、状元红、
监家红、周家红、何家红、秋元红、七夕红、星球红、
延寿红。以其湛绿宜人也，以绿评之，曰江绿、绿叶香、
绿核、中秋绿、绿罗袍。它如游家紫，法白石、大蜡小蜡，
则色泽之繁丽者也。六月熟者，曰六月蜜。肉侔水晶者，
曰水晶园。并蒂双垂者，曰蕙团。核细小者，曰焦核。
余如进凤子、争龙瓶、不忆子、钗头颗、十八娘、大茄子、
双髻、金棕，玉带束美人。计七十有五类，不胜枚举也。
予曰："闻君一夕话，胜啖万荔枝。"客亦为之莞尔，
长夜灯炧，草率书之。

　　日本荔枝绝少见，但有长三四寸，倦曲似具爪牙者，
尤为隽物，乃锡以佳名曰龙芽。或谓种自我国得来，

而移植彼土者，然我国亦绝少闻见，不知典籍之记述荔枝者，有此名色否？龙芽外壳，殷红多刺，味美而饶清香，啖之生津解渴。相传伊藤博文病于旅邸，医药鲜效。时方溽暑，龙芽初熟，下女千子设法向某园艺家购得若干枚，以献伊藤。伊藤啖而甘之，病顿瘥可，遂与千子两情缱绻，结不解缘者二年，不料红颜薄命，千子患疾而亡，伊藤以美人佳果之不可复得，殊深悼惜之。因此龙芽在彼邦有美人果之异名。此一段香艳事迹，闻诸旅日友人王逸如谈，爰撮录之，为荔枝添一海外佳话。

芡实为秋日佳品，生于水中。叶大似荷，平贴水波，面青背紫，茎叶皆有芒，夏日茎端开紫花，结实如栗球，裹实累累，一称鸡头。见于《周礼》。而《杨妃传》："杨妃出浴，露一乳，明皇曰，软温新剥鸡头肉。"此以芡喻乳，为千古艳语。

芡肉作丸状，色白，壳殷红如相思子，甚坚厚，剥之不易，故食芡一器，须费若干时剥取之

芡实

劳。且多剥指甲作痛，汁液污衣，虽经涤不去，故佣仆咸视剥芡实为苦事。既制取，则以清水加冰糖煎之，鲜隽无匹。或研之为粉，与双弓米同煎，为芡实粥，亦为清味。节俭之家，曝芡壳干之，为冬日燃炉之需，殊耐煨焚也。

芡产于吾吴南塘为最佳，故卖芡者，辄呼曰南塘鸡头，每金可买十有余斤。海上无从购置，而殷明珠女士殊嗜之，予秋日返苏，常委携若干斤来，朵颐为快。兹则吴地乡人已有运至海上，街头巷口，得时闻南塘鸡头之唤卖声矣。

南货铺中所出售者，则为干芡实，煮食之味乃大减，盖大都为它处产品。北燕谓芡实曰葰青，亦曰葰芡，可知燕地亦产是物也。

秋末，收获芡实之老者，以蒲包浸于水中，迨明春二三月间，撒于河塘，待叶浮而上，始可移栽，用麻豆饼拌匀河泥中，自易茂盛。

芡实之见于古人笔札诗什中者，聊摘数则如下。《东坡杂记》，吴子野云："芡实盖温平尔，本不能大益人，然俗谓之水硫黄。"《吕氏春秋》："柱厉叔事莒敖公，自以为不知而去，居于海上，夏日则食菱芡。"韩驹诗："细乳分茶纹簟凉，明珠擘芡小荷香。"杨亿诗："半瓯鹰爪中秋近，一炷龙泉丈室生。"陶弼诗："香囊连锦破，玉指剥珠明。"读之令人馋涎三尺。

无花果

无花果为落叶亚乔木，吴楚闽越皆有之。树似胡桃，三月发叶，大而粗糙，三裂或五裂。食为肉果，色青，熟则紫色软烂，味甘无核，有消化蛋白质之作用。《花镜》谓，植无花果，其利有七：一，味甘可口，老人小儿食之有益；二，曝干与柿饼无异；三，立秋至霜降取次成熟，可为三月之需；四，截取大枝扦插，本年即可结实，次年便能成树；五，叶为医痔胜药；

六,霜降后如有未成熟者,可收作蜜煎果;七,得土即活,随地广植,以备歉岁。

种类,有意大利种,实为椭圆形,皮薄,熟呈淡黄色,产额殊丰;又有美国种,较意大利种稍小,实紫黑色。

栽培之法,在春分前取三尺长条插润湿土中,自能繁殖。浇以粪水,苗叶后惟灌清水,结实后水分更不可缺,移植期则以十月下旬至十二月上旬,或二月中旬至四月下旬亦佳。

实以干藏为宜,食之亦能止痔,不仅叶也。

景州产文光果,形如无花果,世俗往往混而为一。

无花果典籍不多见,惟《本草》云:"无花果一名映日果。"又陈懋仁《庖物异名疏》云:"映日果即广中所谓优昙钵,及波斯所谓阿驲也。"

南瓜

顷见报载，粤南隘口乡莫和园，有南瓜一株，迩日结一瓜如龙形，首身四足俱备，长四五尺，颔须称之，宛然潜影九渊飞跃天庭之物也，斯亦奇已。

南瓜为果类植物，本出南番，故名。亦有称之为番瓜者，引蔓甚长，一蔓辄延至数丈，节节可生根，近地即入土，花开黄色。结实充斥，每斤以数十文计，的是平民化食品。

瓜什九为扁圆形，间有垂垂而长者，表皮粗陋异常，瘿赘累累，食必削去之。取其瓤肉，和于粉中，并以豆沙为馅，可制南瓜团子，以充点心，殊耐饥可口。又煮南瓜分甜咸二种，甜者用糖霜猪油，咸者用盐及虾米，然咸者不及甜者之佳，以瓜本微带甘味也。

南瓜之花，亦有烹而食之者。居停但杜宇家，曾于清晨摘花朵若干，和以面粉蔗糖，入沸油中煎之，微焦，勺之起，登盘充饵，尝之腴隽甘芳，无可言喻。时老画师钱病鹤亦在座，为之赞不绝口，谓如此佳味，请记述之，以补古人食谱之不足。

妇女发秃，可剪断瓜藤，以盎盛取其汁，汁涓涓不绝，蘸涂之自有滋生毛发之功。

　　瓜瓤有子，较西瓜子为大，盐汁炒之，可供消闲咀嚼。予以不擅食西瓜子故，乃对于南瓜子有特嗜，盖南瓜子易于剥取其仁也。

　　犹忆予家吴中乔司空巷为一绝大院落，杂莳卉木其中，矜红掩素，自足动人，又于屋角植南瓜一株，蕃茂易长。未几，缘墙附檐而上，蜷须连缀，厥叶殊大，如张巨灵之掌，映窗牖几席俱绿，自有一种野逸之致。花后结实，每枚重六七斤，或至十余斤，摘而煮之，朵颐大快也。

枣

今冬枣值绝廉，每斤有只鬻一二百文者，盖供过于求，不得不稍事牺牲以竞卖也。枣一名木蜜，为落叶亚乔木，坚直而高二丈许，多刺而少横枝，叶细作卵形。四五月间开小黄花，香气殊浓。实椭圆，熟则自堕，未熟时虽击不落也。择枣之鲜美者，交春种下，俟叶茁即移栽，三步植一株，土壤相当，不必耕也。每于蚕入簇时，以杖击其枝干，俾去其狂花，则结实自然繁硕。又浙地有嫁枣之俗，仿嫁杏故事，于元旦举行之。枣树往往有久而复生者，故有三年不发不算死之说。枣树有虫，曰枣猫。

枣有红黑二种，红者以产于鲁燕者为佳，称北枣；黑者则以浙之金衢为最佳，称南枣，腴美异常。鲜者曰白蒲枣，熟则渐红，啖之软酥易饱。夏间，乡妇村竖，有筐以沿街呼卖者。其他尚有青州乐氏枣、江密窑坊枣，唯所产不多，不易得尝。又羊枣实小而圆，紫黑色，俗呼羊矢枣，即《上林赋》所谓樗枣。《说文》樗枣似柿，即今软枣。其树叶实皆颇似柿。《齐民要术》所谓可

于根上插柿者也。又蜜饯巨枣，色灿如金，丝纹清晰，曰金丝蜜枣，尤为隽品。

鲁之乐陵县，产小枣，无核，昔为贡品，今亦为馈贻珍物，装置锦盒，不易多得也。又汴之永城，居民十九艺枣，视为生计。枣大如鸡卵，其甘似蜜。更有一种曰枣钿，大仅若钱，红绿贯之，持赠戚好，儿童啖之，谓有健脾之功云。

古礼，妇人之贽，具榛脯修枣栗。枣早也，谓早起也。又古以枣木为书板。刘克庄诗："枣本流传容有伪，笺家穿凿苦求奇。"

梨园中有所谓枣核腔者，本昆曲之名词，而今剧亦复沿用，盖唱中有应著意之字，必先由他一字起音由轻而重，既落本字后由重而轻，如枣核之两头尖然。

予曩岁苏居，滨胥江一曲，地名曰枣墅。盖昔为枣商聚荟之处，墅本市也。

红枣可与莲子同煮。若取南枣和以猪油一再烂蒸之，尤为冬令补品。

我苏木渎，镇人善以枣泥制麻饼，以嘉乐和所制者，尤为驰名遐迩。

　　相传某巨公多嬖宠，金钗十二，粉黛似云，而某巨公老而弥健。闻素擅采补之术，又常以南枣纳之于女阴中，隔宿啖之，谓可以增精神，驻颜色，寿耄耋矣。抑何荒谬乃尔。

　　《辍耕录》载有某人以善经纪，积资至巨万，而鄙且吝。钱素庵作今乐府阕讥焉，有云："恨不得杨子江变作酒，枣穰金积到斗。"

龙眼

果中佳品，龙眼其一。昔魏文帝有南方果之珍异者，曰龙眼，令岁贡焉之诏。俗称桂圆，一名益智，又号比目，更有海珠之称。产于闽广，尤以闽之旧兴化府所产者为良，市招因有兴化桂圆之名色。蔾树似荔枝，而干叶差小，凌冬不凋。春夏之交，开细白花。至秋实熟，圆如弹丸，做穗又若葡萄然，一穗四五十颗，肉白有浆，厥味侔蜜。市间所售之肉为深红

色者，则龙眼之干矣。品评者谓龙眼之色香味，皆不及荔枝，故为荔奴。实则龙眼虽不及荔枝之肉厚浆多，若论益人，龙眼功用良多。荔枝性热，而龙眼性最和平，宜与荔枝比肩，奴之未免为龙眼叫屈。苏长公曰："闽越人高荔枝而下龙眼，吾为平之。荔枝如食蚶蛑大蟹，斫雪流膏，一啖可饱。龙眼如食彭越石蟹，嚼啮久之，了无所得。然酒阑口爽，餍饱之余，则呷啄之味，石蟹有胜蚶蛑也。"长公此语，尤足为龙眼解嘲。

据云，龙眼初种，经十有五年始实，实殊小，曰胡椒眼。截木之半，以结实蕃多之稚枝接之，四五年后，又截接如前，凡三次，实乃累累盈树，称之曰针树。未接者曰野笔，结实形小味薄，不足尚也。龙眼熟时，有夜燕能窃盗，缘枝接树，矫捷如风，瞬息不觉，满林皆被渔猎。此果人未采时，虫鸟不之侵，夜虫一过，群蠹纷起，斯亦奇也，采龙眼辄雇工役为之。主人恐役之恣啖，往往约之歌，歌辍则弗给值。树叶扶疏，人坐绿荫中，高低断续，歌声相应，士人谓之唱龙眼，自远听之，颇足娱耳也。

石榴

秋日多佳果，石榴其一也。石榴一名丹若，一名金罂，又号安石榴。为落叶灌木，高八九尺，宜植之庭院中。夏初开花，萼赤，花瓣深红。实为球状，黑斑殆满，熟则自坼，粒粒赤红，异常可爱，我苏洞庭山产之甚富，山氓藉以为生，故春初舒青，即摘去歧条，并壅其根，使之蕃茂。仲秋时节，则累累枝头，尽为绛实。山氓忙于采摘，且临时架搭席棚，昼夜

守之，以防偷窃，盖一年之心力，尽于斯也。而贩者亦麇集，与之争值论资，斤斤不已。山氓往往以硕大者，藏诸缸内，铺以松毛，使之耐久不坏，以便待价而沽。凡树之大者，能采摘至数担以外，结实红者，为最寻常之种。白者曰雪子，较巨而味亦甘美。最名贵者曰柚绉，其大仿佛沙田柚子，但不易多得耳。榴宜燥，不宜过湿，开花结实时，尤忌重雾，遇雾则花实悉落，无复有存。

石榴可以酿酒。《梁书·南海传》云：顿逊国有安石榴，取汁停杯中，数日成美酒。而潘岳赋更云：御汤疗饥，解酲止疾。又榴皮色黑，可染玄色，经久不变。更可代墨汁，苏轼书回先生诗后云：熙宁元年八月，有道人过沈东老饮酒，用石榴皮写句壁上，自称回山人。

予卖文海上，聊以自给，然四岁之鹤儿殊顽劣，常来扰乱。予乃购一石榴，嘱其就旁座自剥自啖，石榴颗粒小，剥啖费时，而予遂得宁静思索。此为荆人所发明，行之颇有效，因记之于此，俾家有儿扰者，一试法也。

"青李来禽，樱桃日给。"此王右军贴语。盖李与桃同时，夏日之佳果也。然亦有春熟者，《邺中记》云："华林园有春李，冬华春熟。"又有冬李，《南史·王僧孺传》："有馈其父冬李，先以一与之，的是反常异征。"

李有黄色者。《述异记》云："许州有小李子，色黄，大如樱桃。谓之御李子，即献帝所植，至今有焉。"又有白李。《搜神记》

李

云："度朔君曰：'昔疏庐山，共食白李，忆之未久，已三千岁。'"其他如魏文帝书："沉朱李于寒水。"李肇《国史补》："以绿李为首，色彩美备，蔑以复加。"

自古识李者，莫若王戎。《晋书·王戎传》："戎曰：'树在道旁而多子必苦李也，取之信然。'"又《世说》："王戎有好李，卖之恐人得其种，恒钻其核。"

世俗呼李曰嘉庆子，其说见于韦述《两京记》："东都嘉庆坊有李树，其实甘鲜，为京都之美，故称嘉庆李。"唐白居易、宋洪迈，均有咏嘉庆子诗。又《通俗编》云："嘉庆子虽即是李，而种类与凡李殊，今人概以为李脯之号，虚誉之耳。"

李为果中隽品。徐仲可词人《闻见日抄》有云：
"槜李之真者，皮紫，间有黄点，既熟就吮之，浆入
口，所余唯带须之核而已。"桐乡之濮院产之。董东
苏言，产所以静相寺为最佳。嘉道时，寺僧苦结实时
官绅之娄索，斫树俾不留种，今所产不及静相寺远矣。
又嘉兴城西南产佳李，因名槜李，盖因果而得名也。
曩艺海回澜社诸子，偶做明圣湖之游，当长车之过嘉
兴也，有筐以鬻果者，果殷红而圆。施济群斥一金，
购得六七十枚，曰："廉哉槜李，遂分贻社友而快朵
颐焉。"朱其石为禾人，知禾产，曰："槜李每金只
二三枚，此非槜李，乃夫人李也。"诸社友金曰：艳
哉斯名，艳哉斯名。马万里亟询其石以夫人李之本干
如何？枝叶又如何？拟调丹青以为画幅也。夫人李图
成，幸乞万里赐示欣赏。昔人望梅止渴，今人不妨望
李解馋也。一笑。

槟榔

槟榔为热地产物,树高四寻余,皮似青桐,顶端有叶,叶作锯齿状,敷舒成荫,风至摇动,如举羽扇。五年始一实,实成房,出于叶腋中,每房簇生数百,厥形锐长,剥其皮,如肉豆蔻,饭后嚼之,可助消化。

槟榔传入我国,尚在中古时代。《南史》载刘穆之以金柈盛槟榔,宴妻兄弟。则此品六朝已尚之。犹忆王渔洋有一谐诗云:

"趋朝每恐误晨光，听鼓衙官个个忙。行到门前门未启，轿中端坐吃槟榔。"盖新会程道南，嗜槟榔，时官户曹，一日早朝，与渔洋遇于朝门，渔洋因戏以赠之者。

《秋雨庵随笔》云："本草，槟榔大腹皮子也。"陶隐居曰："尖长而有紫纹者曰槟，圆而矮者曰榔，出交州者小而味甘，出广州者大而味涩。"粤人以蛎房灰染红，色浮留藤叶（俗呼蒌叶），食之，每一包，曰一口。按梁陆续谢安成王赐槟榔一千口，见《北户录》。则口之为称，由来已久。其食也满口咀嚼，吐汁鲜红。邱濬赠五羊太守诗云："阶下腥臊啖蚬子，口中浓血吐槟榔。"此言其鲜者。干者本地人不常食，多销行于外省。京师人亦嗜此品，杂砂仁豆蔻藏荷包中，竟日细嚼，唇动齿转，厥状可憎。余三滞京师，两游岭海，酒酣以往，手奉难辞，间一效尤，则蹙额攒眉："苦涩难忍。"而甘之如饴者，其别有肺肠耶！

槟榔不可多啖，多啖有摧肝殒命之虞。南昌有丁某者，家有一妻一妾。妻河东狮也，凌虐其妾，妾莫敢逆其妒鳞，丁某又行商于外，无可为庇。妾名淑兰，自嗟命薄，颇有厌世自戕之意，顾妻防之严，不得死。

一日，淑兰忽思及多啖槟榔，可以致命之说，其家固喜嚼槟榔，储置甚多者。如是淑兰日啖槟榔数十百枚，不三日，摧肝。杂便溺下，而一缕幽魂，遂赴泉壤，丁某得讯专归，已无及矣。

槟榔产于海南，唯万崖琼山会同乐会诸州县为多，他处则少。每亲朋会合，互相擎送以为礼。至于议姻，不用年帖，只送槟榔而已。久之，多以家事消长之故，易致争讼，官司难于断理，以无凭执耳。愚民不足论，士人家亦多沿习是俗者。见《海槎余录》。

槟榔屿以槟榔著名，但近来大都移植椰子，槟榔转有憔悴可怜态。王西神词人南游时，曾两度停骖于此，赋台城路以咏之云："碧云筛破斜阳影，婆娑画成秋意。病叶空山，孤根海角，愁入故园诗思。亭亭自喜，只月黑桄榔，输他蕉萃，三匝乌飞，一枝寻遍也难寄。春风漫夸桃李，有天厨玉露，佳果同嗜。心绪膏煎，生涯瓢饮，暗老沧桑身世。树犹如此，问酒熟椰儿，倦魂醒未？瓠落年年，栋梁浑坐弃。"

槟榔本为宾郎。《本草原始》曰："宾与郎，皆贵客之称，交广人凡宾客胜会，必先呈此，故以槟榔名也。"

　　《鹤林玉露》云："岭南人以槟榔代茶，且可以御瘴，余至不能食，久之亦能稍进。居岁余，则不可一日无此君矣。"故尝谓槟榔之功有四：一曰醒能使之醉，盖每食之则熏然颊赤，若饮酒然。东坡所谓红潮登颊醉槟榔者是也。二曰醉能使之醒，盖酒后嚼之，则宽气下疾，余醒顿解。三曰饥能使之饱，盖饥而食之，则充然气盛，若有饱意。四曰饱能使之饥，盖食后进之，则饮食消化，不至停积。

椰子

炎热之地，有佳果也，厥为椰子。树为常绿乔木，高七八寻，无枝条，挺然而立。二月作花，展叶似张巨灵之掌，实大如西瓜，色黑，性坚韧，不易剜剖。瓤白如凝雪，中有孔窍储清液约升余，甘芳可口。热带土民，常以之解其渴吻，并祛暑气。若中剖而曝干之，镶以金属，可充酒杯，酒倾入有毒则爆，此陆龟蒙所以有"酒满椰杯消毒雾"之句也。

　　椰子多油汁，南洋各屿，往往榨取其油，以供烹调，不啻吾国庖人之用豆油、菜油、花生油然，殊觉别有风味也。又椰子有浆，截竹以竹筒承其汁，做酒，饮之亦醉。见《交州记》。

　　撷椰子法，土民辄使家猴援升于树，恣意采取，敏捷异常。或投石以击之，椰子随石而下，其目力济手术强者，百不失一也。

　　暹逻有维罗斯者，为椰子商。一日有盗来劫，维罗斯手无寸铁，无可为御，既而见椰子累累委地，乃情急智生，即取椰子掷之，用力殊猛，椰子适中盗之首部，盗晕而仆，遂被获。椰子御盗，询属创闻。予曾闻之粤友刘继迪，继迪之尊翁，固于役逼逻而目睹之者。

西人以椰子制糖，我友画家沈延哲酷嗜之，虽病齿而糖不去口，且频劝人啖，洵趣人也。

椰子树初栽时，用盐一二斗，置于根下，则易发。而南海一带，居屋之四周，必植椰殆遍，其亦犹我国古时五亩之宅，树之以桑之遗制欤。

秋果之最硕大者，厥维文旦。树为常绿灌木，产于闽广。干高丈余，枝有刺，叶为长圆形，叶柄有翼状小片。实径四五寸，形圆，色正黄，皮极厚，不易脱剥。种类甚多。瓤白味甘者古称香栾，或云，皮里淡红者曰香栾，皮里白而瓤淡红者，谓之朱栾。文旦以漳州者为最著。《漳州府志》云："柚最佳者曰文旦，出长泰县，色白味清香，风韵宜人，唯

文旦

溪东种者为上，其地所种无多，移它处则不佳。又广西容县之沙田柚，尤名闻全国。江浙称柚之味酸者曰泡，闽中则凡柚皆称泡，亦作抛。暹逻所产者，形较小而皮色微黝，如不足取。然汁多而甘芳，最为上品。古人所云，皮相失天下士，于此益信。

柚花开于春末，蕊圆白如巨珠，既坼，则似茶花，气极清，与茉莉素馨相逼，番人采以蒸香，风味超胜。见范成大《桂海虞衡志》。

择文旦以顶高纹细者为上，扁圆纹粗者必酸。若剥皮完好者曝干之，其形似碗，可以贮物。昔时老人之吸旱烟者，尤为必备之品。瓤中有子，以水浸之，异常黏腻，妇女以涂云发，功用不啻刨花。

文旦有一趣话。犹忆某岁予为某刊物撰一元旦应时稿，被手民误排元旦为文旦。翌日编辑者吴双热致予一札云："投我以元旦，报之以文旦，非报也。"手民打棚也。套诗经语，为之发噱。

王西神尝作《香栾小谱》有云："香远益清，明窗静对，如爇都梁，如晤古骚人畸士。味则琼浆浅挹，不为醍醐之灌，自有醇醪之醉。神州蔬果，尽多名产，

顾欲求一蕴蓄宏深者，不得不推此君为硕果。即海舶
远来，琪花瑶草，鲜果时珍，往往以痴肥厚重见长，
亦未见有能与此骖靳者。"推崇如此，可见前辈嗜之
之深。

菠萝蜜

果类中多甘汁者，西瓜、椰子之外，当推菠萝蜜为佳品。菠萝蜜本为梵语，其义为度彼岸，谓由此岸而度登彼岸，离生死而入涅槃。移为果名，始于明代。《类函》云："明光禄寺甜食房，宦者掌之，专治糖果以供佛前，名菠萝蜜。"

树为常绿乔木，产于岭南，及东印度等处。高五六丈，类冬青而黑润倍之。叶为倒卵形，极光净。花小，丛集成穗。实椭圆，累累于枝间，多者每株结十余枚，少者五六枚，五六月成熟。外皮如佛髻，剥去外皮，肉层叠如桔瓢。沪上果肆有售，最普通者，则为罐头中物，宴饮之际，煮之为甜羹，殊可口也。

木瓜

书斋清供，香橼佛手外，木瓜尚已。木瓜为落叶灌木，干高六七尺，先花后叶，花分红白二色，美艳殊常。实形椭圆，皮黄似腊，香气甚烈。

木瓜一名铁脚犁。《方舆胜览》云："木瓜华时有蛇盘纠，至实落供大士乃去，号为护圣瓜。"

宣州产木瓜著名，故丘濬谢送木瓜诗，有"经霜著雨玉枝疏，除却宣城总不如"之句。其地种

瓜满山，每结实，好事者镂纸花粘瓜上，夜露日照，花纹宛然，名为绣瓜，又号花木瓜。帝制时代，常以入贡。汪彦章与王甫太学同舍，貌美中空，彦章戏之为花木瓜。见《游山录》。

木瓜可种可接，可以条压，春末开花，若移栽，则以秋社前后为宜。畏日喜肥，壅以大粪，自然蕃茂。其枝条之挺直者，可以作杖，老人持之，有利筋舒脉之功。

藏木瓜法：将木瓜曝干，投于蜜瓶中，可以经久馨逸，不致败烂。木瓜味酸涩，然亦可食。《明皇杂记》：元献皇后思食酸味，张说袖出木瓜以献。

将木瓜生切去皮，煮熟之，多换水浸，俾去酸涩之味，然后用蜜熬煎，便为蜜渍木瓜。又木瓜浸酒，亦为佳品。

炙木瓜成灰，鱼食之即死。《三国典略》云："齐孝昭北伐库莫奚，至天池，以木瓜灰毒鱼。"

瓜

　　瓜为蔓生植物，花多作黄色，实熟于夏，浮诸清泉，堪称隽品。最普通者为西瓜，相传为回纥种，汁多味甘，消暑尤宜。形较小而灿然金黄者曰香瓜。它如冬瓜南瓜，可以充馔。北瓜以供陈设，我苏涵碧山庄每岁必有北瓜会之举行，其盛况殊不亚于兰菊会也。

　　香瓜之类，有表里湛碧可喜者，曰翡翠瓜，啖之爽脆无比，苏乡某处产之。又泗阳有绞瓜，形亦似香瓜，以刀剖之，蒸于饭锅上，片刻取出，以箸搅取瓜内之丝络，调以酱麻油，鲜香可以佐粥。惜此瓜不能移植于它处，故它处人亦无此口福也。地以瓜名者甚多，如瓜州、瓜步皆是。即南洋群岛之爪哇，元明史皆作瓜哇。它如瓜圻，在湖北鄂城县西南，为吴王种瓜之地。瓜州村，在陕西长安县南，杜牧曾种瓜于此。

哈蜜瓜著闻全国。据云，瓜凡二种，夏熟者一味清凉，别无佳处；冬熟者则甘逾崖蜜，味美非常。以气候凛冽故，乃围炉啖之。前清时常以之入贡也。冬熟之瓜，广州亦有之，曰金钗瓜。又敦煌郡生美瓜，有乌瓜、鱼瓜、青登瓜、桂枝瓜诸名。

古人咏瓜诗，如花蕊夫人云："帘畔越盆盛净水，内人手里剖银瓜。"刘子翚云："故人夙有分瓜约，走送筠篮百里间。"曹唐云："略寻旧路过西国，因得冰园一尺瓜。"方夔云："香浮笑语牙生水，凉入衣襟骨有风。"绝妙好辞，耐人玩索。

瓜恶香，香中尤忌麝。见《酉阳杂俎》。

瓜名有绝雅致者，如《洞冥记》云："有龙肝瓜，长一尺，花红叶素，生于冰谷，所谓冰谷素叶之瓜。"
又《清异录》云："上命之曰御蝉香，抱腰绿。"

同事许君谓，某次赴燕度岁，有邀之年朝宴者，鱼肉丰盛，烧鸭又特腴美，为之大快朵颐。既而主人以盘进王瓜，深讶王瓜为盛暑食品，何以一反其常，而于祁寒供客下箸。询之于人，始知燕俗夏日购置王瓜若干，窖藏土穴中，至岁尾年头，为馈贻戚友之佳礼。盖每条王瓜，代价须银一二两左右，以王瓜陈宴，客必致谢，所以答主人之隆敬云。

吾国某巨公至扶桑，扶桑人享以盛宴，招以艺伎。既而侍者进蛇瓜一簋，某巨公以其形之可怖，不敢尝。同座者无不津津乐啖，谓甘脆清香，无可方物。艺伎有生长千岛者，曰是为吾乡土产，栽植綦难，久雨则烂，久晴则僵，故颇不易得，得者视为贵品。闻曩时李合肥来，曾一尝其味，赞美不绝口云。

小白娘，香瓜之一种也。色白质嫩，仿佛女郎之玉肌，剖之瓤纹细致，汁甘似怡。我友徐卓呆，在江湾治圃，栽小白娘满畦，夏日瓜熟，徐君亲撷之贻戚友，予亦曾啖尝之。

藕

公子调冰，佳人雪藕。夫藕之为物，百孔玲珑，<u>丝丝入扣</u>，古人称之为灵根出水，良有以也。

藕有田藕塘藕之分，而塘藕产于吾苏南塘，尤为上品，逊清时代，常以入贡。有所谓伤荷藕者，叶味甘为虫所伤也。又梅湾北莲荡，亦以产藕名，其甘嫩不减高邮，车坊藕松脆无比，唯皮色粗恶，有失观瞻。皮相失天下士，不但藕为然也。

藕以一节者为佳，双节次之，三节又次之。三角形者，孔小肉厚；圆筒形者，孔大肉薄，凡购藕者，不可不知。

取刨刨鲜藕，以葛布绞沥之，汁即淀粉，和入糖霜，然后以沸水冲之，清芬可口，胜于市上所售之西湖白莲藕粉。又以藕片，调以面粉，入油煎余，谓之藕饼。

藏藕之法，须埋阴湿地，或以泥裹之，则可以经久致远。

藕之诡异名贵者，如终南山有旱藕，见《唐书》。千常碧藕，见《拾遗记》。太华峰头玉井莲，花开十丈藕如船。见韩愈《古意》。长安城南袄池巨藕，曰玉臂龙。

　　情意之未绝者，世人常以藕断丝连喻之。海上隽流有夏宜滋者，尝取藕丝为印泥，印泥一小盘，耗藕数十百斤，有泥皇之称，亦艺苑旷闻也。

　　取藕节曝悬檐间，越一寒暑，可以煎汤服饮，凡胸膈闷塞，饮之自能开解。

　　藕孔实以糯米，蒸之为熟藕。更和糜煮之为藕粥，淘家厨清品也。

　　杨太真著鸳鸯并头莲锦裤袜，三郎戏之曰，贵妃裤袜上，乃真鸳鸯莲花也，不然其间安得有此白藕乎！太真因名裤袜为藕复。此藕之艳乘也，录之以殿藕话。

橄榄，佳果也。为七闽百粤
间产物。其树耸矗常绿，花攒簇
成球，实青碧可爱，髯苏因有"纷
纷青子落红盐"之句。啖之味美
于回。汇苑又有谏果之称，列诸
盘盎，荐之上宾，其芳馨胜含鸡
实也。

有异种之方榄，类三角或四
角，出两江州峒。见《桂海虞衡志》。
又有乌榄，色青黑。见《本草》。
范成大有"乌榄霜柑尝老酒"之句，

橄榄

唯市间不易见耳。

橄榄之功用，能消食，能解酒毒，能助茶香。

橄榄核曝干烧之，能发火花，似兰之展瓣。闺房小女，常喜玩之。

新年中往往取吉语，以为得利之兆。吴俗元旦以橄榄茶献客，辄称之为元宝茶。

西方工业及医药上，常用一种橄榄油，实则乃阿列布油。阿列布树产南欧，开小白花，实如橄榄，因此西人呼中土橄榄，曰中国阿列布。

橄榄可蜜渍，俗称药橄榄。又可以盐藏，俗称咸橄榄。更有以沉香末拌制者，曰沉香橄榄，平肝开胃，啖之不但消闲已也。橄榄上口苦涩，良久回味，则甘美似饴，有谏果之号。吴侬因讥人之鲁莽谬乱，事过始悟者，曰乡下人吃橄榄，爬坍草屋，盖愚氓不识果味，初则苦口而掷去，终则回甘而遍索也。偶思其状，为之失笑。

橄榄之见于吟什，如马德澄云："味淡冰桃清较胜，色侔玉枣脆偏逾。"郝经云："银盘献青子，爱玩惊见之。"梅尧臣云："虽咀涩难任，竟当甘无敌。"欧阳修云：

"霜苞入中州，万里来江波。"刘攽云："味为幽人贞，久且君子淡。"皆美誉备至之辞也。

或云，橄榄与佳栗同嚼，有梅花香，是与金圣叹所谓豆腐干与落花生同啖，有火腿味，洵属无独有偶。

香橼

书斋清供，香橼是尚，盖其气清幽馨逸，耐人静领也。香橼一名枸橼，为落叶乔木。枝间有刺，叶似桔而略尖长，花之色与香亦类桔。其实形圆而黄，亦作香圆，有大小二种，皮光细而小者，为香橼；皮粗而硕者，为朱栾。其树必待小鸟作巢后，方得开花结实，殆物类之感召欤！

《本草纲目》谓，香橼即佛手柑。日人田中芳男用植物图说分为两种，以正纲目之误。按佛手柑产于闽广，一名佛指香橼，树高丈余，植诸近水。春开白花，花五出，夏末实熟，皮黄如柚，蜜渍可食，与香橼似是而实非也。

香橼味酸，故化学药液中，有枸橼酸之名，为有机化合物，枸橼、柠檬、橙、桔等皆含之。枸橼未熟时，汁中约含此酸十之六七，以此等汁分离杂物，加入硫酸等精制而成，为无色透明棱柱状之结晶，工业上用作印花之媒染剂，能使绸类色泽鲜美。

《香祖笔记》，有治嗽验方。香橼去核，薄切作细片，以清酒同研，入砂罐内，煮令熟烂，自黄昏至五更为度，用蜜拌匀，当睡中唤起，用匙挑服甚效。

香橼见于典籍者，有文震亨《长物志》云，香橼大如杯盂，香气馥烈，吴人最尚，以瓷盆盛供。取其瓤，拌以白糖，亦可作汤，除酒渴。《群芳谱》云，置花筒中，经旬犹香。《南中草木状》云，泰康五年，大秦供香橼十缶，帝以三缶赐王恺，助其供玩，以夸示石崇。《山家清供》云，谢益斋奕礼不能饮，喜看客醉。一日命左右，剖香橼作二杯，刻花于其上，盛上所赐酒以劝客，清芬蔼然，觉金樽玉管，皆埃尘矣。郭璞《桔橼赞》云：

"朱实金辉，叶倩翠蓝。"陈维崧词云："拌腊匀檀槎，得软罗圆皱。"又词云："翠瓷红架贮清幽，分外宜秋，凭皓腕，擘轻绒，和麝粉，络床头。"

扶桑人颇爱香橼，移种植之，居然蕃硕，盎盛四五枚，略留枝叶，供诸纸窗矮几间，自饶画意。且盛盘什九为我国古瓷，名贵异常。彼邦人士，又喜金鱼及水仙花，因与香橼同称中国三隽物。

《考槃余事》，载有香橼盘一则云，香橼出时，山斋最要一事，得官哥定窑大盆，青冬瓷龙泉盘，古铜青绿盘，宣德暗花白盘，苏麻尼青盘，朱砂红盘，青花盘，白盘数种，以大为妙，每盆置橼二十四头，方足香味，满室清芬。其佛前小几，上置香橼一头之橐，旧有青冬瓷架，龙泉瓷架最多，以之架玩，可堪清供，否则以旧朱雕茶橐亦可，唯小样者为佳。

入冬以来，果肆中柑类充斥，予尤喜啖金柑，视为唯一隽品。金柑，一名金桔，又名瑞金奴。常绿灌木，生浙江川广间。树不甚大，而叶纤细椭圆，有透明之小点，婆娑如黄杨。夏开小白花，秋冬实熟，色灿若金，故又号金弹。皮薄而肌理莹腻，啖之，其皮甘芳，瓢酸多核，圆者较甜，长者厥酸更甚。一种成倒卵形者，名金枣，又名牛奶柑，香味稍逊。又一种

金柑

名金豆者，树只尺许，结实似樱桃大，皮光而味甜，可植于盆，用为书斋清供，闻产于太仓浙甬间。又一种蜜罗柑，大似香橼，而皮皱味更香美，生于浙之金衢。

金柑可以蜜饯，有干者，有湿者，更有仿糖山楂制为糖金柑者，扦于细棒上，甜美可口，均为消闲之佳物。金柑又可浸酒，玉液金波，用以饷客。

吴俗喜卜吉兆，岁尾年头，常以橄榄金柑同列一盘，以之敬宾，美其名曰元宝。是则不但无元宝之实，且无元宝之形，如是谬呼，抑何可笑。

曩李合肥相国，饮啖颇讲卫生，饮后必须啖微酸之果，谓果酸可助消化。故入冬辄多置金柑，日啖若干枚以为常。又善储藏，至来岁盛夏，犹得与冰桃雪藕同快朵颐。闻储柑得其秘术者，为某姬人，李因是殊宠之。尝倩丹青家绘《红袖擘柑图》，一时题咏者，不下数十家，曾裒刊成集。奈当时只供同寮赠贻之需，所印不多，予觅之再三而未得，否则，撷采一二，大堪为金柑生色也。

桔

“甘逾石蜜，味重金衣。”此简文帝之言也。际兹木落天高，冬初秋末，桔之绿与橙之黄，俱为野圃之点缀。《淮南子》：“桔树至江北化为橙，然则橙亦桔之类也。且桔为扬州之贡，蜀郡之英，屈原颂之，瘐亮献之，陆绩怀之，交甫赠之，其见珍有如此，洵佳果也。”

桔一名木奴，大者曰桔，小者曰柚，为常绿灌木。干高一二丈，茎多细刺，叶作长圆形，初夏开小白花，厥香甚烈，六七月成熟。温州产桔饶多，昔韩彦直知温州时，曾撰有《桔录》三卷，上卷桔品八，橙品一；中卷桔品十八；下卷为种植之法。桔之名色有朱桔、蜜桔、芳塌桔、包桔、绵桔、沙桔、早黄桔、穿心桔、波斯桔、荔枝桔、脱花桔、甜冻桔等。蜜桔皮粗厚，瓤大而多甘汁，市上仍沿其称。朱桔大概即为福桔，福桔较小，扁圆而皮薄，色红易剥，产于闽地，为桔中之最普通者。其他诸桔，以不习见故，无可证考矣。

种桔之法，春初取核撒地，待长三尺许，始可移栽。夏时灌概宜勤。性畏霜雪，入冬，以泥粪壅其根，稻草裹其干，则不冻损。其木病藓与蠹，故干生苔藓，即刮去之。见蛀屑必有虫穴，以钩索之，再以杉木钉室其中。自古种桔者什九致富。越多桔园，越人岁出桔税，谓之橙桔户，亦曰桔籍。吴阚泽表曰："请除臣之桔籍。"《汉书》曰："江陵千树桔，其人与千户侯等。"《襄阳耆旧传》，纪李衡种桔千株曰："吾有木奴千头，皆足与陶朱公媲美者也。"则种桔之利厚可知。

　　湖南长沙县西湘江中有地名下洲者，旧时多桔，因名桔洲。杜工部句："乔口桔洲风浪促。"

　　桔逾淮而为枳。枳之花叶皆类桔，唯结实粗劣不可食，仅堪入药。且其树多刺，最宜编篱。然《太平清话》云："桔奴不必渡江，即生桔地，愈南愈佳，愈北愈劣。"

　　藏桔于绿豆内，至春尽不坏，橙柑亦然，若见糯米即烂。

桔之皮可制桔红，为治痰良药，以化州署苏泽堂前产者为最。又桔实内之纤维质，曰桔络，亦药笼之材。

自古帝王，奢侈已极，一饮一食之微，动辄设官以掌之。汉武帝时，交趾有桔官，秩二百石，主贡御桔。

《幽怪录》："巴昂桔园中，霜后见桔如缶，剖开，中有二老臾象戏。"《神仙传》："苏仙公白母曰：'某受命当仙，明年天下疫疾，井水一升，桔叶一枚，可疗一人。'来年果有疫，求母疗之，无不愈者。"此为桔之神话。按桔井在今湖南郴县东。

扶桑人颇多迷信。元旦，家家门前悬一福桔，以为得福之兆。

书家刘山农，尝一度退隐种桔，号天台蜜桔，甚为名贵，今已充斥于市肆矣。

文震亨《长物志》，有蔬果之品评，谓桔为木奴，既可供食，又可获利。有绿桔、金桔、蜜桔、扁桔数种，皆出自洞庭。别有一种小于闽中，而色味俱相似，名漆碟，红者更佳。出衢州者，皮薄亦美，然不多得，山中人更以落地未成实者，制为桔药。

古人爱桔，宠之以诗。如张彤云："树树笼烟疑带火，山山照日似悬金。"柳宗元云："密林耀朱绿，晚岁有余芳。"范成大云："奇采日中丽，生香风外浮。"白居易云："珠颗形容随日长，琼浆气味得霜成。"李纲云："黄金为肤白玉瓤，沉瀣深时甘且芳。"读之令人馋涎欲滴。

菲岛风俗，于耶诞节，凡属亲戚朋友，必互相馈赠，尤以我国果品若新会之黄橙，福州之朱桔，为最隆重之礼物。一自欧战后，菲政府以权利关系，遽加拒绝。由海关卫生部检验，托词我国果品含有细菌，不许其商人领取。以致大宗之橙桔，完全烂去，从此销路遂告断绝，年来由国际贸易局一再疏通，果类照旧出洋，则每岁耶诞节，黄橙朱桔，又得快彼邦人士之朵颐矣。

桔熟时节，气候爽适，于人体最宜。其时绝鲜与药铛茶灶为缘者，故《续世说》有云："枇杷黄，医者忙；桔子黄，医者藏。"唐李伯珍与医帖，白金一挺奉纳，以备桔黄之需。

二月得乙则曰桔如，十二月得乙则曰桔涂。见《尔雅·释天疏》。

壅埋死鼠于桔根下，则结实繁硕。

取桔蜜饯之,成扁圆形,名曰桔饼,甘芳略带酸味,我吴稻香村、采芝斋均善制之。

自物质文明,有以科学方法为桔子汁者,贮以瓶盎,为夏日唯一饮品。更有榨桔机,以暹罗蜜桔投入机中,一经转旋,琼浆汩汩流出,盛盏饮之,鲜甜无匹。

桔可以制羹。其法先剥桔去核,并抽络净尽,别取小粉浆冲以沸水,调至匀和无粒块为止,然后加糖,倾桔瓤于其中,则甘芳微带酸味,隽品也。桔红可以制糕。桔红者,桔皮也。切成小方块,以糯米粉和糖同蒸之,熟后,或型之为糕,或搓之为丸,啖之清馨,且有润肺之功。

予幼时好弄,啖桔辄留桔皮,俟夜间灯上,取桔皮向火力挤之,桔皮有汁射出,火焰发兰瓣状,一如灼橄榄核,引为乐事。又取较大而皮薄之福桔,以刀画其中部,剥去其大半,仅留少许为弧形,俨然成一花篮,弧形则篮上之环也。昔时状况,至今回忆,恍如梦境矣。

《陶庵梦忆》有樊江陈氏桔一则云:"樊江陈氏辟地为果园,树谢桔百株,青不摘,酸不摘,不霜不摘,不连蒂剪不撷，故其所撷，桔皮宽而绽，色黄而深，筋解而脱，味甜而鲜。"陶堰道墟以至塘栖，皆无其比。余岁必亲至其园买桔，宁迟宁贵宁少，购得之，用黄砂缸，藉以金城稻草，或燥松毛收之，阅十日草有润气，又更换之。可藏至三月尽，甘脆如新撷者。

橙

橙与桔同类，为常绿灌木。干高丈余，似桔而多刺，叶亦若桔，唯较大耳。开白花，实经霜早熟，形圆色正黄，皮皱厚而易剥，其气馥郁，瓤味酸。腊月扦种之，如劈开其茎皮，夹甘草若干片，入土则不生虫。瓮土宜坚实，种后若不动摇，虽纵横颠倒，无不尽活，盖极易滋生之物也。

粤人以柑为甜橙，有"高身橙，扁身柑，厚皮柠檬薄皮橙"之说。

新会县所产之柑曰新会橙，以老树为佳。据云，曰字形之橙，底有旋纹，或黑痕如鹧鸪斑，及自蒂以下有直纹四布者，均为老树之果。且其出产地，只新会县之东甲乡，产额不多。试剖之，能不湿刀片，尤为异征。市上所售，往往裹以桑皮纸，钤有印识，藉示名贵，实则均赝品也。梁启超，广东新会人，著《说橙》一篇，详析其真赝。

橙大者以蟹膏纳其内，用酒醋水蒸熟，既香而鲜。因记危巽斋云，黄中通理，此本诸易，而于蟹得之矣，今于橙又得之矣。见《山家清供》。

橙皮可入药，除健胃外，更用作矫味剂或矫臭剂。

其制剂有橙皮糖浆、橙皮油等，应用均同。又清盐陈皮，亦什九以橙皮为之。吴中糖果肆若稻香村、采芝斋，在此时节，咸进大宗黄橙，剥取其皮，以为制清盐陈皮之需，橙瓤则若干成堆，廉价出售，不畏酸者，纷纷购啖之。

黄橙堪调脍，故人谓之金齑，故梅尧臣有"玉臼捣齑怜脍美，金盘按酒助杯香"之句。又《群芳谱》云，香橙可和菹临，可为酱齑，合合汤待宾客，可解宿酒，

橙之别名，一曰金球。

橙之见于古人诗词中者，如东坡云："一年好景君须记，正是橙黄桔绿时。"曾巩云："入包岂数桔

柚贱，芼鼎始足盐梅和。"工部句："细雨更移橙。"
秦观云："纤手破新橙。"皆宠橙之什也。

　　橙可以为茶。《考槃余事》有橙制茶法云，将橙
皮切作细丝一斤，以好茶五斤焙干，入橙丝间和，用
密麻布衬垫火厢，置茶于上烘热，以净棉被罨之三两时，
随用建连纸袋封裹，仍以被罨烘干收用。

　　别有一种臭橙，花白色五瓣，香气清烈，俗称代
代花，煮茗时置入若干朵，馨逸可喜。实圆而黄，冬熟，
如留枝间不摘，翌年能变青色，故有回青橙之名。

红豆

自唐诗人有红豆相思之什，于是离离赭实，遂为世人所珍视。此树不多见，除虞山钱牧斋红豆山庄外，当推吾吴葑门内吴衙场某质铺内之一株为秀特。某质铺为乌镇徐氏所设，其址本为彭氏产，洪杨乱离之时，彭氏让屋徐氏，树为故物。枝柯出墙，荫及邻家屋檐，故实时往往纷落邻家，某质铺内，反不能多得，偶然风来，吹堕若干枚而已。顾震涛尝辑《吴门表隐》一书，有一则云，铁树即红豆，郡中只有四树，一在元墓寺内；一在城东酒仙堂，宋白鸽禅师手植；一在升龙桥南惠太师周惕宅，周惕少从酒仙堂分析栽成；一在吴衙场明给谏之住宅内，后易宋易彭，今为吴刺史贻穀所居。足为此红豆树之考证。

白马涧天池山寂鉴寺后有红豆树一，若干年结实一次，寺僧收藏之以馈檀越，聊博香金。佞佛之妪，往往取以镶嵌为簪，插于髻上，云可避邪。

　　荆人奁中有红豆一枚，即天池山产品。鹤儿出世，即以是豆镶成饰物，系诸腕间，不料鹤儿稚齿出茁，便遭啮损，予因撰《很可惜的一颗红豆》一文，披露某报。社友顾明道见之，乃邮贻红豆一枚，并附书谓前年友人许君在南洋宽柔执教，寄来红豆一双，供弟暇时把玩，兹以其一奉赠，色泽尚佳，或可为史补一缺憾也。红豆以别纸护裹，启视之，果猩红莹沏，不啻宝石，为之爱不释手。良友多情，贻我恩物，洵可感谢已。

　　红豆树以岭南为多，枝叶似槐，其材可作琵琶槽。一穗千蕊，累累下垂，其色妍如桃杏。结实仿佛皂荚，荚内生小豆，鲜红坚实不易坏，乡氓取之，以为吉利之物，有制之为明琼者。又有一种红豆蔻，其苗似芦，叶类山姜，二三月发花殊艳，结实若红豆而圆，不知者，易混淆也。

虞山俞友清获红豆若干，辑红豆故事为《红豆集》，且以倪墨耕之《红豆相思图》，制版刊入，的是艺苑佳话。友清以红豆分贻金鹤望丈，丈以诗谢之云："分明南国词人种，当作红儿掌上看。"又倪高风辑有《南国相思录》，予为之序。

葫芦

葫芦，匏之一种，今人以长而曲者为瓠，短项而大腹者为葫芦。本作蒲芦，一年生蔓草，园圃皆栽种之。茎细长，以卷须络于它物，叶有柔毛。初夏开白花，夕开朝萎，至秋实熟，如重叠大小二圆球。实熟时须将蔓叶摘去，否则着于实上，易成黑斑。干者髹之，为贮物之器，亦谓之壶。世俗调侃李铁拐之身背葫芦，有壶中如果有仙丹，何不先医自己

脚之说。又有蒲芦，沪人称之为夜开花，身长而首尾如一。去其瓤，醢肉实之，可为肴馔，亦葫芦之别种，《本草》谓之壶芦。竹有形似葫芦者，尤为稀见，《闽杂记》云，大田有一种竹，枝叶如常竹，每节上小下大，中间尤细，形如葫芦。春月枝杪开花，黄如野菊，结实则如橄榄，味亦酸涩，土人名为葫芦竹，亦名千岁竹。

前人笔札，述及葫芦者，如《化原记》云，宰相李藩尝流寓东洛，往候葫芦生，生曰郎君贵人也。又曰公在两纱笼中。《唐逸史》云，葫芦生善卜，好饮酒，人谒之，必携一壶，故谓为葫芦生。《续幽怪录》云，李程遇鹤病创，云三世人血可疗，今洛中葫芦生，三

世人也。《庸庵日记》云，西有葫芦国，当即卡瓦葫芦。《溪蛮丛笑》云，潘安仁笙赋，曲沃悬匏，坟阳匏筱，皆笙之材。蛮所吹葫芦笙，亦匏瓠余意，但列管六，与《说文》十三簧不同耳，名葫芦笙。《缃素杂记》云，凡诗用韵有数格，一曰葫芦，先二后四。《明道杂志》云，钱文穆内相，决一大滞狱，苏长公誉以霹雳手。钱曰，仅见葫芦蹄耳。《演繁露》引此作鹘鸰啼，云即俳优以为鹘突者也。亦作葫芦提，元曲中多用之。《鹤林玉露》云，胡卫卢祖举在翰苑。《草明堂赦文》云，江淮尽扫于胡尘，太学诸生嘲之曰："胡尘已被江淮扫，却道江淮尽扫于。传语胡卢两学士，不如依样画葫芦。"

《事实类苑》云，洗马欧阳景素有轻薄名，一旦金銮长老来上谒，告以院门缺斋，今将索米于玉泉长老，敢乞一书为先容，景笑曰诺。翌日授一缄，既至，玉泉启封，乃诗一首云："金銮来觅玉泉书，金玉相逢价倍殊。到了不关藤蔓事，葫芦自去缠葫芦。"二僧相视而笑。

谢在杭《五杂俎》，有异形葫芦一则云，予于市场戏剧中，见葫芦多有方者，又有突起成字为一首诗

者，盖生时板夹使然，不足异也。最后于闽中见一葫芦，甚长而拗其颈，结之若绳状。此物甚脆，而蔓系于树身，又甚大，不知何以能结之，此理之不可解者也。

葫芦之异形，尚有逾于《五杂俎》所云者。前辈孙漱石，谓邑绅姜笠渔，其家有极奇异之葫芦，计十五枚。有颈长如鹤者，有腰细如蜂者，有结顶如鸟喙者，有其下扁圆如柿而其上形若削瓜者，有其颈弯曲若钩者，有上下若合盘而独尖其顶者，有腰与颈屈曲似挽成一结者，有托盘若仰盂而其腰与颈蜿蜒直、一似由盂中逗起者，有其下扁圆而其上细圆、若笔管之植立于笔洗者。惝恍离奇，令人观之，不胜爱羡。而其顶上之藤当剪取时，类皆得势，其色则纯系淡黄，一无瑕玷可索。若欲权其质之重量，则每枚当无逾一两以外，盖俱百年或数十年物，经主人费几多心血，于平时搜求得之。昔时每岁夏历十二月朔，南门外复善堂钮真君诞日，必陈列一次，任人纵览。逮姜笠渔作古，不克复睹矣。

将小葫芦贴接于红鸡冠花上，俟其连合，截去葫芦根及鸡冠头，则所结葫芦悉红色，名神仙葫芦，甚为雅观，园艺家可一试之也。